神楽坂 舞歌
能瀬 御門
東城 英美里
俺はモンスター
この
あふれる
世界をスキル〈ガチャ〉で生き抜く
海翔
Illustration れんた

野本紬
能瀬向日葵

俺はモンスターのあふれるこの世界を〈スキルガチャ〉で生き抜く

最初に出たのは美味しいパンでした

海翔
Illustration　れんた

新紀元社

Contents

第一章　スキル【ガチャ】俺にだけ見えるステータス……005
第二章　飛来するモンスター……047
第三章　サードブレイク……108
第四章　ダンジョン……143
第五章　世界の変革……175
第六章　五人目……250
エピローグ……286
番外編　わたしのお兄ちゃん……304

第一章　スキル【ガチャ】　俺にだけ見えるステータス

「うぅ～ん、もう少し寝かせてくれ～」

俺はいつものようにスマホのアラームを止めようとして、眠い目を無理やり開いてスマホ画面をタップする。

「あれ？　なんだこれ。こんなゲームやったかな」

いつもなら時刻が表示されているだけのスマホになぜか、見知らぬゲームのステータス画面が表示されている。

能瀬《のうせ》　御門《みかど》
LV1
HP10
ATK5
VIT5
INT3
AGI6
スキル【ガチャ1】

「うん？　俺の名前？　ＬＶ１？　やっぱりこんなゲームやってないな。初期平均値５か？　ＡＧＩは平均以上か、いやそれよりＩＮＴ３って……」

この表示、なんとなく標準値は５っぽいけどＩＮＴが３ってゲームでも悲しくなる。

だけどそれ以上におかしいことがある。ゲームなのに俺の本名が表示されている。

たまにやるゲームで使う名前は自分の名前をモジって『アモン』で統一してある。俺がゲームするときに本名をフルネームで使ったことは一度もない。

それにゲームにしてもスキルの欄がおかしい。

スキル【ガチャ１】ってなんだよ。

そんなスキルのゲームなんか聞いたことがない。

もちろんガチャの意味はわかるけど、このＲＰＧっぽいステータスの中でスキル【ガチャ】って違和感しかない。

【ガチャ１】と表示されているので【ガチャ】レベル１の意味だろうか。

「いや、こんなことをしてる場合じゃない！」

謎のステータス表示に見入ってしまったが、こんなことをしている場合じゃない。学校に行く支度をしないといけない。

俺はスマホから目を離し急いで身支度をして、母親が用意してくれた朝ごはんを秒速で食べるがいつも通り父親と妹は先に出てもういない。

妹は中学生だけど、俺よりずっと優秀だし登校も早い。俺には真似できないけど今日は金曜日だ。今日一日やり過ごせば、週末は好きに遊べる。

「それじゃあ、行ってきま〜す」

俺はスマホをポケットへ仕舞い込み、家を出た。

電車の中で再びスマホに表示されたステータス画面を確認してみるけど、結局これがなんのゲームのものなのかわからない。

該当するアプリは見つからず、遊べるわけでもないけど不思議なことにステータスが待ち受け画面のようになっていた。

なにかやばいウィルスにでも感染したかと、慌ててネットで検索してみると、今日付で何件も同様の症状に陥っている人の書き込みを見つけることができた。俺だけではないことはわかったけど、結局これがなんなのかはよくわからないまま学校へと着いた。

すぐに教室へと向かい、岡島《おかじま》がいるのを見つけ、声をかける。

「よっ、おはよう。聞いてくれよ〜、なんか俺のスマホがおかしいんだけど」

「おう、御門。おかしいってどうしたんだ？」

「それが、朝起きたら待ち受け画面がこんなのになってたんだ」

そう言いながら岡島にスマホ画面を見せる。

「ん？　これがどうかしたのか？　普通じゃね？」

「いや、このステータス画面みたいなの普通じゃないだろ」

「ステータス？　なに言ってるんだ？　朝から変な冗談か？」

「冗談とかじゃないって。これおかしいだろ」

「おいおい、大丈夫か？　普通に待ち受けだろ。俺をからかってんのか？」

「……」

話が噛み合わない。岡島の表情を見る限り、冗談を言っている感じでもない。

もしかして岡島にはこのステータス画面が見えてないのか？

そんなことあるのか？

いや、でもネットには結構な件数の書き込みがあったぞ。

いったいどういうことなんだ？

訳のわからない状況に、慌てて他のクラスメイト数人にも確認してみたが、岡島と同じような反応を示し、明らかにこのステータス画面を認識していないようだった。

なんなんだこれ。

岡島たちとのやりとりに違和感を覚えながらも、昼休みを迎えたので、なんとなく気になって他の教室を覗きに校内を歩いてみたが、特に変わったことはなさそうだ。

俺と同じようにステータス画面を話題にしている生徒は誰もいないようだった。

やっぱり俺のスマホだけおかしくなったのか？　俺はおかしくなってないよな。

俺にだけ見えるステータス画面。

「なんか気持ち悪いな」

なんとなく心霊現象に見舞われたような気持ち悪さを覚えたが、どうしようもないのでとりあえずそのまま授業をこなして家に帰ることにした。

帰りの電車で再び書き込みを探してみた。

朝に比べると検索にヒットする件数が格段に増えている。そのうちのひとつを開いてみる。

555
なんか俺のスマホにステータス出たんだけど

556
俺のステータスATK9もあるんだけど。これってすごいの？

557
わいはATK3……

558
俺なんかINT4だぞ。俺ってバカだったのか

書き込みの558番を見てその内容が俺の心に深く刺さってしまった。INT4か。俺は3だった……。

563
これ、やばいやつじゃね。待ち受けから消えない

564
もしかしてこれ、能力に目覚めたってやつじゃない？

565
中二すぎだろ。やばいのは頭じゃ

568

スマン。俺なんかスキルに目覚めたわ。スキル【ファイアボール5】

569
わたし【キュア8】なんだけど

570
ワテは【鉄拳】。やっぱゲームか？

590
オイ、これゲームじゃない。まじでスキル使えた！

591
は⁉　なに言ってる？

592
マジだ‼　スキルをイメージして声に出して表示タップしたら発動した！

593
コイツやべえ‼　イメージしてタップってなに？

597
マジか！　俺もできた～！

600
俺、今日三十歳の誕生日。ついに魔法使いになった！　伝説は本当だった！　生きててよかった！

602
いままでモテなくてよかった～

スマン、たぶんそれは関係ない！　俺は普通にモテるけど使えた
607
やべえ。やべえよ。【ライトニングソード】使えてる。これなんなんだ！　フォースが目覚めた～！
608
わたしもスキル使えた！
610
俺勇者だったのかも
613
俺異世界転生した!?　ここはどこ!?　わたしはだれ？
616
うっひょ～おおおおおおおお！　俺は海賊王に！　なる！
617
質問。スキルってひとつ？
618
俺三つあるんだけど
620
俺ひとつ
621
ふたつ

623
ひとつしかない
624
【ウインドカッター】使ったら家壊れた……。ヤバい
627
スキルで部屋の床が……溶けた
628
みんな！　これはヤバい！　室内使用厳禁！

「え⁉　この書き込み何？」

最初のほうは俺同様にスマホにステータス画面が表示された人たちの困惑の書き込みだったが、途中からおかしな方向に進み、スキルが使えたという書き込みが一気に増えている。

どうもスキルは人によって種類も数も違うっぽいけど、まさかそんなことあり得るのか？

もしかしてゲームみたいに覚醒した⁉

いや、だけど俺のスキル【ガチャ1】ってなんだ。

スマホのゲームみたいに何かが引けるのか？

いや、スマホで何か引けたからってどうなるんだ？

どう考えても戦い向きのスキルじゃないよな。

それとも百円入れるガチャみたいにカプセルが出てきたりするのか？

まさかとは思うけど変な白い妖怪が出たり……いやそれだけは絶対ないな。

「スキルをイメージしながら声に出してってどうやるんだ？」

スキルのイメージ。スマホゲームのイメージか。

いや、でも電車の中はまずいよな。

「イメージして【ガチャ1】を『ガチャ』って言いながらタップすればいいのか？　え!?　あっ！」

電車を降り、周囲に人がいないのを確認しながら、イメージを頭の中に浮かべつつ【ガチャ1】の表示をタップした瞬間、スマホ画面に変化が現れた。

【ガチャ0】
獲得　パン1

え!?　なにこれ。【ガチャ】の数値が0になったぞ。もしかしてこれってレベルじゃなくて使える回数だったのか。じゃあ0になったってことは、まさかもう使えないのか？

まさかの使用回数1回!?　いや待て。普通一日1回とかだよな。さすがに一生に1回だけってことはないだろう。

それより【ガチャ】で当たったのが『パン1』ってなんなんだ。

そんな【ガチャ】、ゲームの世界でも見たことないぞ。

それにこれをどうすればいいんだ。普通に考えるとスキルの延長線上にあるものだからタップすればいいのか？

俺は恐る恐る画面表示の『パン1』をタップしてみる。

「おおおおおお〜」

その瞬間、俺の目の前の空中には手品のようにロールパンが1個現れ、画面から『パン1』の表示が消えた。

「浮いてる？　これってどうなってるんだ？」

恐る恐る目の前に浮いているパンに手を伸ばしてみる。

「いや、これマジか。パンだよな。うん、どう見ても、これ普通のパンだよ」

正直、ショボい。普通にパンが1個現れただけ。それ自体はショボい。だけどスマホからパンが現れたってとんでもないことじゃないか？

ある意味、魔法使いになったといっても過言ではない気がする。

まあ、パンが出せたからどうなると言われればどうもならないけど、突然の出来事に俺の心臓は激しく跳ねる。

条件反射的に現れたパンを手に取り、口に頬張ってみる。

「うまいな。いつも食べてるのより全然うまい」

ただのロールパンかと思ったけど、その味はただのロールパンを完全に超えている。

食欲を刺激する香ばしさ。そしてなんともいえない甘みと旨味。今まで食べたことのあるパンの中でもダントツにうまい。

「もしかして絶品食材をゲットできるスキルなのか？」

まだよくわからないけど、そうだとすれば悪くないんじゃないか？

定期的に絶品食材が手に入るなら、ある意味当たりな気がする。

嘘か本当かはわからないが、書き込みで【ライトニングソード】を使えたってのがあったけど、この平和な日本で【ライトニングソード】なんて使い道がない。

それを考えると、絶品パンが手に入る俺のスキルは何倍も有用な気がする。

はやる気持ちを抑え家路を急ぐ。

「母さん‼　聞いてよ！　俺スキルが使えるようになったんだ‼」

俺は家に着いてすぐに母親へと驚愕の事実を報告する。

「………………」

「すごいだろ！　絶品パンが出せたんだ‼」

「……御門、大丈夫？」

「大丈夫に決まってるだろ。スキルで絶品パンが出せるようになったんだ！　信じられないだろ」

「御門、勉強のしすぎは……ないわね。まさかと思うけど変な薬に手を出したんじゃ……」

「いや、いや、母さんなにをわけのわからないことを言ってるんだよ」

「わけがわからないのは御門でしょう。向日葵《ひまわり》、どうしましょう。お兄ちゃんがおかしくなっちゃったわ」

「お兄ちゃん、本当に大丈夫？」

「いや、向日葵、お前までなにをいってるんだ！　お兄ちゃん魔法使いになったんだぞ！　すごくないか？　パンだぞパン！」

「……お兄ちゃん、そのパンどこにあるの？」

「いや、それは食べちゃったけど」

「お母さん、すぐに病院に連れて行ったほうがいいかも」

「そうよね」

母親と妹の向日葵の会話がまったく噛み合わない。俺がスキルを使えるようになって絶品パンを出せたというのになにを頓珍漢《とんちんかん》な事をいってるんだ。

それから五分以上かけ、俺がおかしくなったのではないことを必死で説明した。

それでも二人共半信半疑といった感じだが、スキルがまた使えるようになったら目の前で使ってみせるということで一応その場は収まった。

「そういえば、今日学校でお兄ちゃんみたいに、スキルが使えるようになったって騒いでた人がいた気がする。学年が違うからよく知らないけど、なんか騒ぎになってたかも」

「それって俺と同じで、もしかしてスキルに目覚めたのかもしれないな。俺も突然だったし」

「まさか集団催眠ってことはないよね」

「まだ疑ってるのか？　集団催眠って絶対そんなの無理でしょ。あとで書き込みとか見てみろよ。結構同じような人いるみたいだから」

まあ冷静になって考えると、家族とはいえ急にスキルを使えるようになったと言われても、現物であるパンもないのにすんなり信じられるものではないかもしれない。ちょっとテンションが上がりすぎて、興奮で冷静な判断ができてなかったかも。

「でも、本当にこれってなんなんだろうな」

自分の部屋に戻ってからもずっとスマホ画面を眺めていたけど、結局眠るまでその表示は変化することはなかった。

俺は翌朝目を覚ますと同時に、期待を込め速攻で画面を開く。

「おおおおお～！　やっぱり思った通りだ！　一日に1回だったんだ！」

画面には再び【ガチャ1】の文字が表示されていた。

最悪二度と使えないこともあり得ると考えていたので、再び1の数字が表示されたことが何よりも嬉しい。

俺は急いでリビングへと向かい家族を呼び集めた。

「御門、本当にやるの？」

「昨日そう言ったろ」

「御門、冗談じゃないんだな」

「当たり前だろ。父さんもしっかり見といてくれよ。それじゃあいくよ」

俺はスキル名を声に出しながら、スマホ画面の【ガチャ1】をタップする。

「食べものだけじゃないのか……」

「お兄ちゃん、どうなったの？」

「あ、ああ、一応できた。それじゃあ今から出すよ」

俺が画面の獲得物の欄をタップすると、目の前には赤いフライパンが現れた。

「これってフライパン？」

「うん、そうみたいだ」

「うそ……本当に現れたよ」

「マジック……じゃないよな」

「いや、俺こんな大きなフライパン出せないから」

「じゃあ本当に魔法が使えるようになったのか」

「魔法っていうかスキルね」

「そうなのか。だけどこれってなんの役に立つんだ？　フライパン出すだけなのか？　売れるくらいいっぱい出せたりするのか？」

「いや、一日1回だけ」

「1回だけ。そうか……。まあ不思議なこともあるもんだな」

「ああ」

この超常現象を前に家族の反応は思いの外鈍い。

やはりフライパンっていうのがよくなかったかもしれない。

このフライパンが超高級フライパンだったとしても、そうでないものと見分けがつかないからな。

食べ物の方がこのスキルの凄さがわかりやすかったかもしれない。

ただ、パンの次がフライパンだったのは、完全にランダムなのかそれとも食事つながりなのかいまいちわからない。まさかパンつながりではないと思うけど。明日以降に検証したいところだ。

そうして俺のスキル生活二日目はあっさりと終了したけど、世の中はそうではなかった。

俺同様にスキルを発現した人が日本だけでは無く世界中で現れたらしく、ネットを皮切りにこの不思議なスキルの話題があっという間に地球規模で広がっていった。

「お兄ちゃん、すごいよ。今テレビでもやってるけど世界中にお兄ちゃんみたいにスキルを使えるようになった人たちが現れたんだって。ほら、この人は魔法使いだよ」

向日葵に見せられた映像では、日本人と思しき男性が『【ファイアボール】』と唱えると手の先にドッジボールぐらいの炎の玉が現れ飛び出していた。

おおっ。すごい。これは完全に魔法だ。

ゲームの世界でよく見る魔法そのもの。

「確かに魔法だな」

「お兄ちゃんも使えるようになったりするのかな」

「いや、どうだろう」

咄嗟《とっさ》に誤魔化してしまったが俺の【ガチャ】でこれができるようになるとは到底思えない。

「ちょっとやってみるな」

そういって俺は三度目の【ガチャ】をタップする。

「魔石？　なんだろう」

俺は表示された魔石という見慣れない文字をタップする。

「わぁ、綺麗。もしかして宝石？」

「う～んどうかな。魔石らしいけど」

現れたのは透明な青い宝石のようなもの。大きさは五センチくらいありそうなので普通の宝石に比べるとかなり大きい。

「魔石って、なんか良さそうじゃない。もしかして高く売れたりするのかな」

「どうかな～」

向日葵の気持ちもわからなくはないけど、正直全く見当がつかない。そもそも魔石なんて今まで聞いたこともない。ただのガラス玉ならほとんど価値はなさそうだけど、宝石にしては大きすぎる気もする。

それから両親にも青い魔石を見せてみたけど、当然魔石の価値は全くわからなかった。


そして、その後、特別価値ある物が【ガチャ】で出ることなくいつもと変わらない平和な一週間が経過したその日、世界は一変してしまった。

のちに、変革の日『ファーストブレイク』と呼ばれることになる七月十四日にそれは起こった。

突然世界中にダンジョンと呼ばれる地下迷宮が現れた。驚くべきことに、そのダンジョンからはモンスターと呼ばれる怪物が溢れ出してきたのだ。

その姿はまるで映画の特撮映像を見ているかのように陥る異質なものだった。

そのうちのいくつかは俺でも名前を想起することができる姿をしていた。

「ゴブリン！」

その姿は、ゲームや漫画の世界で描かれる小鬼に酷似していた。

そしてゴブリンを思わせるモンスターを始めとする怪物たちは地上へと現れると、世界を壊し始めた。

手に持った原始的な武器を使い、建物を壊して回り、そして人間を襲った。

ファーストブレイクで最も被害が出たのは俺の住む日本だった。

理由は単純で、対抗できる武器を持った人がほとんどいなかったからだ。

かろうじて戦えたのは銃火器を持つ警官だったが、モンスターが溢れた地域ではその数に飲まれてしまった。

そして超法規的に自衛隊が出動し、大きな被害を出しながらもどうにか掃討することができたが、傷跡は深かった。

その日を境に、この世界はダンジョンとモンスターが蔓延ることとなってしまった。

そして、世界では銃火器だけでなくスキルを使いモンスターを倒す人たちが現れ、彼らは人類の剣『セイバー』と呼ばれることとなる。

日本でもファーストブレイクのときにセイバーとして活躍したスキル保持者がいたため、今後の襲撃に備え急遽全国のスキル保持者が集められることとなった。

ステータスは俺同様に人には見えないらしく、あくまでも自己申告による応募となったが、セイバーとしての役割を果たす代わりに月百万円と住居を保証するという破格とも思える条件での募集にかなりの数のスキル保持者が手を挙げたようだ。

俺も百万円という金額に惹かれなかったといえば嘘になるけど、俺のスキルはどう考えても戦闘向きじゃない。というよりもモンスター相手には全く役に立たないので、俺の出る幕ではないと思い、もちろん名乗りは上げなかった。

日本でセイバーが組織化されようとしている間にも外国では一歩先んじた国が現れ、セイバーを含む軍隊がダンジョンへと踏み込む事態となった。

ダンジョンの内部はゲームの世界さながらの様相で階層を備え、踏み込んだ者たちは複数のモンスターと交戦しながら探索を進めたが、そこで世界を揺るがすような発見があった。

セイバーがモンスターを倒せばレベルアップする。冗談みたいな話だが、レベルアップしてステータスが向上することが判明した。

そして俺の周辺でも、もうひとつ大きな変化があった。ファーストブレイク後、急速にスキルを使える人が増えてきている。

「お兄ちゃん、わたしもスキルが使えるようになったかも」

「もしかしてステータスが見えるようになったのか？」

「うん、そうみたい」

「スキルは何だったんだ」

「え～っと、【グラビティ3】と【アイアンストライク3】だよ」

「え⁉　もしかしてふたつも使えるの？」

「うん、そうみたい」

ついに向日葵もスキルを使えるようになったらしい。しかもふたつも！

スキルが使える事自体は悪いことじゃない。ただ、この状況で向日葵もセイバーになってしまうのではないかと急に不安がよぎる。

「向日葵、セイバーになったりは……」

「しないよ。わたしじゃ無理でしょ」

「そうだよな。うん、無理しないほうがいい」

どうやら俺の杞憂だったらしい。さすがは向日葵だ。

「それでもう使ってみたのか？」

「ううん、お兄ちゃんと一緒のときのほうがいいと思って」

「そうだな。それじゃあ、外で試してみようか」

【グラビティ】に【アイアンストライク】か。聞く限り攻撃的なスキルな気もする。

俺たちは表へ出て誰もいないところへと移動してから向日葵にスキルを使ってみてもらう。

「向日葵、スキルをイメージして、スキル名を口に出しながらスマホのスキルの表示をタップしてみて」

「お兄ちゃん、イメージって【グラビティ】と【アイアンストライク】ってどんなの」

「う～ん、多分【グラビティ】は重力に関係あるんだろうから、押しつぶす感じ？　【アイアンストライク】は鉄を飛ばす感じでいいんじゃないか」

「わかった。やってみるね」

向日葵がスキル名を口にしながらスマホの画面をタップした。

「【グラビティ】」

目には見えないが明らかにそこに何かがあるのを感じる。

これが【グラビティ】なのか。

効果を検証する対象がいないのでハッキリとはわからないが、どう考えても相手を攻撃するスキルに思える。

「お兄ちゃん、どう？」

「多分発動してると思う。重力で相手を潰すスキルなんじゃないか」

「見えないからよくわからないけど、【アイアンストライク】もやってみるね」

「ちょっとまって」

無闇に鉄の塊が飛んで行ったりしたらまずい。

「向日葵、公園まで行こう」

「わかった」

向日葵と歩いて公園まで行くと運良く誰もいない。

「向日葵、あの大きな木を狙ってみるか」

「うん、やってみる。【アイアンストライク】」

向日葵が再びスマホに触れると何もなかった空間に突然ソフトボール大の鉄球が現れ、的にしていた大木の幹へとめり込んで消えた。

「お兄ちゃん……」

「すごいな。本当に出たけど、これは人のいるところじゃ絶対に使っちゃだめだぞ」

「うん」

鉄球が消え大木の幹は大きく抉れている。

これ、大きな木だし、穴が開いてしまったわけじゃないから大丈夫だよな。

「向日葵、スキルが発現したことはとりあえず内緒な」

「わかった」

俺の【ガチャ】とは違い向日葵のスキルは完全に戦闘向きだ。

もしかしたらゴブリンやモンスターを倒すことができるかもしれないけど、向日葵自身はただの中学生だ。

いくらスキルが使えても襲われて無事で済むとは思えない。

それに有用なスキルが使えると周りに知られれば、無理にでもセイバーにされてしまうかもしれない。

幸いにも俺の住むエリアにはファーストブレイクでは近くにダンジョンが出現しなかったこともあり、目立った被害はなかったので、向日葵が無理をする必要はない。

スキルのことは向日葵と二人だけの秘密にして、俺たちは普段の生活へと戻った。

それからも俺は、ダンジョンやモンスターとは関係なく日々【ガチャ】を一日1回使用しているが、残念ながら日用品の域を出る物は魔石以来一度も引き当てることができていない。

唯一武器になりそうな万能包丁が一度だけ出たが、結構切れ味がいいと母さんが喜んで使っている。

* * *

それから半年が経過したある日それは起こった。

『セカンドブレイク』

再び世界に新たなダンジョンが生まれ、更なるモンスターが生まれた。

そして今度は俺の生活圏にまでモンスターが現れるようになってしまった。

俺はまだ一度も見てはいないけど、突然学校に来なくなった生徒がいて、聞くとモンスターに襲われ重体とのことだった。

もう俺たちの生活は安全じゃない。

これからは今まで通りに生活することはできないんじゃないかと思うには十分な出来事だった。

「お兄ちゃん、今日うちの学校の生徒が一人亡くなったみたい」

「なっ！　学校の生徒が⁉　そんな……。向日葵、もしモンスターを見たら周りに構わずとにかく逃げろ。それでもどうしてもダメなら迷わずスキルを使え。お前のスキルならなんとかなるかもしれない」

「うん」

とにかく命が一番大事だ。

これはアニメやゲームじゃない。

モンスターに一撃くらえば死んでしまう。

それにモンスターに噛まれれば未知のウィルスに感染する可能性だってある。

今は、なにも起こらないことを祈るしかない。

だけど向日葵の学校の生徒が亡くなるなんて、確実にモンスターが日常に近づいて来ているのを感じる。

正直、心の中は不安でいっぱいだ。

これから俺たちはどうなってしまうんだろう。

「みんな聞いてくれ。俺、実はセイバーになったんだ。このあたりはセイバーもまだ少ないみたいで、俺はこのままこの学校に通えることになった。みんなのことは俺が守るからなにかあったら任せとけ」

「すご～い。大前《おおまえ》君スキル使えたんだね。私ずっと不安だったんだ。これで安心だね」

「おう、俺に任せとけ」

「大前君、私も守ってくれる？」

「ハハッ、当たり前だろ。俺はセイバーだぜ」

「大前、お前、まさか月に百万円もらえるのか？」

「おう、まあな」

「勝ち組決定じゃね。羨ましい限りだよ」

「そう言うなって。代わりにモンスターが出たら戦わないといけないんだから」

「ああ、そんときは頼んだぞ」

「任せとけよ」

その日いつものように学校に登校すると、クラスメイトの大前が突然セイバーになったと言い出した。

俺や向日葵がスキルを発現したんだから、俺たち以外にもスキルを発現した奴がいてもなんの不思議もないけど、それにしてもセイバーか。

大前はクラスの中では真ん中より少し上くらいのポジションだけど、特別スポーツや格闘技ができる感じの奴ではない。

よほど優秀なスキルを発現したのかもしれないが、本当にモンスターが現れたら戦う気なのか？

俺としては、護ってくれるならこんなに嬉しいことはないけど、正直大前がモンスターと戦っている姿を想像することができない。

「御門、大前の奴、セイバーだってよ」

「ああ、そうみたいだな」

「いいよな〜俺だってスキルさえ使えればな〜。モテるし金持ちになれるし勝ち組になれるのにな〜」

「そんないいものでもないかもしれないぞ？　だってモンスターだぞ」

「そういえば前に御門もステータスがどうとか言ってなかったか？」

「いや、それただの勘違いだから」

「そっか。そうだよな。スキルあったらもうセイバーになってるよな」

その認識が間違っている。スキルを発現したからといって必ずしも戦闘向きとは限らないんだ。

多分、俺以外にも戦闘に向かないスキルを発現した人もいるんだろうな。

「大前君のスキルってなんなのか聞いてもいい？」

「ああ聞いてくれ。俺のスキルはなんと【ウィンドブラスト】だ」

「風魔法みたいなもの？」

「ああ、いわゆる空気砲みたいな感じかな」

「へ～っ、凄そう。猫型ロボットが使うやつみたいだね」

「まあ、あれを強力にした感じかもな」

大前のスキルは空気砲なのか。

空気砲のイメージって、敵を倒すっていうよりも弾き飛ばす感じに思えるけど、モンスター相手に本当に通用するんだろうか。

いや、セイバーになれたくらいだからきっとすごいんだろう。

俺は基本、ここら辺はネガティブにできているようなのでダメだな。

こんな暗い世の中になってしまったんだから、気持ちくらいは前向きで行きたいところだ。

ちなみに今日、朝引いた【ガチャ】で出たのはシャインマスカットだった。

ある意味、大当たりだろう。

早速朝食のデザートとして食べてきたけど絶品だった。皮ごと食べれておいしいってすごい。

シャインマスカットなら何度当たっても大歓迎だ。

■■■■■■■■■■

大前がセイバーとなってからも幸運にも学校周辺にモンスターが現れることなく一週間が過ぎた。

大前はセイバーになってからは、完全にクラスのヒーロー扱いだ。

お金もあるので羽振りがいいのも手伝って、放課後は毎日クラスの女子と遊びに行っているようだ。

俺だって男だ。

羨ましくないといえば嘘になるけど、こればかりはどうしようもない。

俺のスキルは【ガチャ】なのだから。

今はクラスで一番人気の神楽坂《かぐらざか》さんが、大前に言い寄っていないのだけが俺の精神安定剤だ。

神楽坂さんは、明るい栗色のフワッとしたロングヘアと大きな瞳が特徴的でアイドル顔負けのルックスと、その控えめな性格が相まって学園の聖女的ポジションの女の子だ。

神楽坂さんに特別な感情を抱いているわけではないけど、かわいいものはかわいいし、大前のハーレム要員にだけはなって欲しくない。

バリィイイン！

突然窓ガラスが割れる音が聞こえ、

「キャアアアアア～！」

「で、で、出たあああああ～！」

「に、逃げろ～！」

「ゴブリンだあああああああ～！」

下の階から悲鳴が聞こえて来た。

マジか。

どうやら、ついに学校にゴブリンが現れてしまったらしい。

クラス全体に動揺が走り、一気に騒がしくなってくる。

「大前君」

「お、おう。セイバーの俺に任せとけ。ちょっと行ってくる」

「さすがセイバーね」

「まあな、こんなときのために俺がいるんだ。任せてくれ」

そう言って大前は颯爽と教室を飛び出して行く。

どうする。ここはすぐに逃げたほうがいいのか？　だけど大前が向かって行ったし、大丈夫か？

「大前君がいてくれて助かったね」

「うん、やっぱりセイバーってすごいよね」

判断に迷うところだが、クラスのみんなは大前が退治してくれると信じているのか、先ほどの喧騒が嘘のように落ち着いている。

「俺がいたところにやってくるとは運の悪い奴だな。これでもくらえ！【ウィンドブラスト】」

ガシャアアアン！

どうやら戦闘が始まったらしい。

生徒の悲鳴に混じって大前の声と何かが壊れたような音が響き渡る。

「御門、大丈夫かな」

「どうだろうな。一応いつでも逃げれるように準備はしといたほうがいい」

「そうだな」

念のために逃げられる体勢を取っておくが、その間にも下の階で戦闘は続いているようで大前の声が聞こえてくる。

「クソッ、ちょこまか動くな！　さっさとくらえよ！」

「ゲゲッ」

「近づいてくるんじゃね～！」

声から判断するとかなり苦戦しているようにも思える。

そろそろ逃げ時かなと思ったその瞬間、俺たちの教室の窓ガラスが割れ、それは現れた。

「ゴブリン……」

一瞬思考が停止する。

なんでここにゴブリンがいるんだ。

大前はまだ戦っている。

なのになんでここにゴブリンが。

「うううううううアアアアアアア～」

「ギイイヤアアアアアアア～！」

「出たああああああ～」

「大前君、大前君助けて～！」

一瞬で教室に混乱が巻き起こる。

悲鳴を上げ、みんなはゴブリンから遠ざかるべく足を動かそうとするが、窓側にいた生徒は逃げ遅れ、ゴブリンに掴まれ放り投げられる。

「グアアアアッ、痛ええええ！」

ゴブリンの大きさは小学生くらいしかないのに濱田を軽々と放り投げた。

やはり小さくてもモンスターだ！

男子生徒が放り投げられた瞬間、扉側にいた生徒は一目散に逃げ出す。

それを見た他の生徒も一斉に扉から逃げ始めた。

「いやあああああ～！」

ゴブリンがゆっくりと教室の中程まで歩いてきて周囲を見回す。

俺も逃げ出すチャンスを窺うが、モンスターであるゴブリンのほうが反応スピードは上だろうから目をつけられたらまずい。

息を殺してゴブリンの動きを観察する。

初めて見る本物のモンスターは、小さく醜悪でそして恐ろしい。その姿は自分自身の死を想起させるには十分だった。

ふざけるな！　まだ彼女もできたことないんだ。こんなところで死ねるか。なにがなんでも逃げ切ってやる。

異様な緊張感が教室を支配する。

教室の中央ではゴブリンがキョロキョロと周囲を見回しているが、ある生徒のところでその視線が止まった。

その生徒もゴブリンの視線を感じて息を飲み込んだのがわかった。

神楽坂さん。

醜悪なゴブリンのその顔がニタアと笑った気がした。

そしてゆっくりと神楽坂さんのほうへと歩き始めた。

ほとんどの生徒がそれを見てチャンスと思ったのか一斉に扉へと駆け出す。

俺もそうしようと思ったけど、身体が動かない。目の前の光景を前に逃げるためには足が動かない。

逃げたいけど、身体がそれを拒否している。

「このやろおおお〜！　神楽坂さんに手を出すな〜！」

次の瞬間、逃げずにその場に残っていた石黒がゴブリンに後方からタックルをかました。

虚をつかれたゴブリンは石黒のタックルにバランスを崩し床へと転がったが、すぐに起き上がり石黒を蹴り飛ばした。

「ガハッ」

石黒はゴブリンの一撃でその場から吹き飛ばされると、動かなくなってしまった。

ゴブリンはそれを確かめると再び神楽坂さんに向かって歩き始めた。

石黒は柔道部だ。クラスの中でもガタイが良く力もかなり強い方だが、それでもダメだった。この状況で俺にできることはなにもない。

やっぱり隙を見て逃げるしかない。

そう頭では理解しているが、目の前で神楽坂さんが襲われそうになっているのを見てどうしても逃げることができない。

だけど、教室にはゴブリンを倒すための武器なんかない。

机や椅子はあるが、おそらくゴブリンには通用しないだろう。

俺の持ち物の中にも武器になるようなものはない。

唯一あるのは手元にあるスマホ。

今日はまだ【ガチャ】を引いていない。

今まで武器と呼べるものが出たのはこの半年間で一度だけ。

だけどフライパンでも出せれば可能性はある。

俺に残された可能性はこれしかない。

頼む！　神様！　俺に力を！　ここで使えなきゃ意味がない！

今までこれほど渇望したことはない。これほど願いを込めて【ガチャ】を引いたことはない。

俺は心の底から願い、スキル名を呟きながらスマホをタップする。

その瞬間【ガチャ】回数が消え、代わりに表示されたのは『鉈1』だった。

普段あまり使う漢字ではないのでＩＮＴ３の俺は鉈《なた》の表示に一瞬ピンと来なかった。

だけど金偏《かねへん》を見て可能性を理解した。

多分だけど、これは当たりだ。ここにきて俺の願いが届いたのか、この土壇場で当たりを引いたに違いない。

鉈がゴブリンに通用するのかはわからない。

そもそも鉈という漢字を習った記憶もないし、鉈がどんなものかもはっきりとはわからなかったが俺は迷わず『鉈1』をタップする。

タップすると机の上には包丁の刃を四角くして分厚くしたような刃物が現れた。

やっぱり当たりだ。

俺は震える手で鉈を握りしめる。

ゴブリンを見ると、神楽坂さんに手を伸ばせば触れられる位置まで迫っている。

すぐにでも襲いかかってやりたい衝動に駆られたが、俺は息を殺して機会を窺《うかが》った。

ヒーローのように躍り出てゴブリンを倒すことができればいいが、俺がそういう存在でないのは自分が一番よくわかってる。

柔道部の石黒を一撃で倒すようなやつだ。チャンスは二度はないだろう。

確実に殺れるタイミングで一撃にかけるしかない。

自信はないけど、背後からの急所への一撃。

頭か首。

それしかない。

狙いやすいのは的の大きな頭だが、頭蓋を割れなければ反撃される可能性もある。

そうなると可能性が高いのは首か。

仮に首の骨を断ち切れなくても、生物である以上首の半分に刃物を入れられれば、まず間違いなく死ぬ。

いや、ゴブリンって生物だよな。

根本的なところが揺らぎそうになるが、ゴブリンの一挙手一投足に神経を集中する。

「い、いやあああ～」

神楽坂さんが逃げようとするがゴブリンに阻まれ、押し倒された。

「きゃあああ～」

ゴブリンが神楽坂さんの上に馬乗りになる。

完全にゴブリンの意識は神楽坂さんに集中している。

「誰か助けて！　いやあああああああああ～」

今しかない。

俺は手に持つ鉈を両手で握りしめ、息を殺したままゴブリンの背後へと迫ると、全身全霊を込めて鉈を水平にフルスイングした。

鈍い抵抗が手元に伝わってくるがそのまま力を込める。

すぐに硬いものにぶつかり、手首に強烈な圧がかかり、痛みと衝撃で思わず握りしめた鉈から手を離してしまった。

「くっ」

やばい手首を痛めた。それに鉈を手放してしまった。

目の前のゴブリンの首には、俺が振り抜いた鉈が突き刺さっている。

ゴブリン越しに神楽坂さんの驚いた表情が見てとれた。

「グ、グ、グェ」

ゴブリンはカエルが潰れたような声を出してこちらにゆっくりと顔を向けた。

「うわあああああ！」

鉈を首に埋めたゴブリンが至近距離でこちらを向く。

それはもう恐怖以外ない。

完全にホラーだ。

俺は手首の痛みも忘れて必死でゴブリンに刺さっている鉈を掴んで引き抜くと、もう一度叩き込んだ。

「グェ」

俺が鉈を引き抜いた瞬間ゴブリンの首にできた傷口からは大量の血が噴き出し、二撃目を加えたところでゴブリンはその場に倒れ、そして消失した。

「消えた……やった……のか？」

ゴブリンが消えると共に周囲へ大量に飛び散ったはずの血も消えてしまった。

今までモンスターと戦ったことなんかないので、これで終わったのかどうかの判断もできない。

しばらく、ゴブリンが消えたあたりを注視するが、再び現れる気配はない。

どうやら本当に倒したらしい。

「能瀬くん」

「あ、ああ、神楽坂さん。大丈夫か？」

「うん、なんとか。助けてくれてありがとう」

「どうにかなってよかったよ」

「もうわたしダメかと思った」

「ああ、やばかった。まさかゴブリンが襲ってくるなんてな」

「あ！　石黒くんは？」

ゴブリンに必死で頭から抜けていたが石黒はどうなった？

「大丈夫じゃなさそうだけど、とりあえず息はあるみたいだ。すぐに救急車を呼ぶな」

残っていたクラスメイトの一人が確認してくれた。

「よかった。怖かった。能瀬くん怖かったよ～。ふぅえええええ～ん」

神楽坂さんは、俺が手を取って起こしてあげると抱きついて来て泣き出してしまった。

高校生の女の子がモンスターであるゴブリンに襲われて馬乗りになられたんだ、トラウマものの恐怖だっただろう。

もう少し早く助けられればよかったけど、これでも俺の精一杯だ。

下の階でゴブリンとの戦いに苦戦していたように感じられた大前は、やはりかなり手間取ったようで、結局先生や下のクラスの男子数人の手を借りてどうにか倒したらしい。

今回の件で一番ダメージを受けたのは石黒で、骨が何本か折れてしまっていたようだけど命に別状はないとのことで、不幸中の幸いと言っていいのか、死人が出ることはなかった。


俺はゴブリンを倒した後、痛めた手首の痛みがなくなっていることに気づいて慌ててステータスを確認してみた。

能瀬　御門
LV1　→　2
HP10　→　15
ATK5　→　10
VIT5　→　9

ＩＮＴ３
ＡＧＩ６　↓　12
スキル【ガチャ１　↓　２】

俺のステータスは変化していた。

なんとレベルアップしてレベルが2になっていた。

各ステータスが上がり、スキル【ガチャ】の使用回数も2回に増えていた。

ただなぜかＩＮＴは3から変化がなかった。もしかしてＩＮＴはレベルアップしても変化しないのだろうか。

他の数値はレベルアップにより平均値と思われる5を大きく上回っているので、せめてＩＮＴも5はほしかったけどこればかりは仕方がない。

今回ゴブリンをたった一匹倒しただけだがレベルアップした。

ゴブリンの経験値によるものなのか、それとも他に要因があるのかはよくわからないけど、とにかく念願とも言えるレベルアップだ。

レベルアップしても、普段生活するのには特になにも変わらない。

変化を体感するのは、集中して力を込めたときだ。今まで以上の力やスピードが出ていることがわかる。

これはある意味助かった。

レベルアップするたびに力が増して、お箸や鉛筆がボキボキ折れて持てなくなったら大変だけど、どうやらその心配はないみたいだ。

ある意味ステータスの上昇は戦闘時や緊急時限定のように感じる。

もちろん向日葵にも今回のことはすぐに報告しておいた。

レベルアップについては勿論だけど、ゴブリンは生半可な力ではなくやはり危険だということを力説しておいた。

「お兄ちゃん、もうわかったって。戦わないから大丈夫だって」

「もし向日葵の学校に現れたら絶対逃げるんだぞ」

「わかってる、わかってる」

向日葵が本当にわかってくれたのか一抹の不安を覚えるけど、レベルアップした今の俺なら、あのゴブリンをあっさりと倒せたりするだろうか。

いや、そんな甘いもんじゃないな。

あれは背後から隙をついただけだから、そうそううまくはいかないだろう。

ステータスの上昇を日常の中ではあまり感じられない反面、最も変化を感じるのはスキルについてだ。

単純に一日2回引けるようになったのは大きいけど、それと同時に明らかに変わったことがある。

それは【ガチャ】で当たる景品だ。

以前と変わらず、日用品とかも当たるものの、明らかに以前よりも出る物の質が上がっている。

「おおっ、今日も肉だな。お皿お皿」

牛肉一キログラムやマスクメロンなんかも当たるようになったのでかなり豪勢だ。

ただ、基本そのまま出てくるのは変わらないので、肉とかだと空中で受けるためのお皿の用意は必須だ。

何より半年間で2回しか出なかった武器っぽいものが時々出るようになった。

しかも包丁とかよりも少し武器っぽく、アーミーナイフや懐剣などだ。

それが一日に2回も引けるので、かなり使える。

食材は、母さんに喜ばれるし、出た武器は家族に配っている。

牛肉もそれなりにいい肉みたいで、スーパーで安い肉を買うよりずっと美味しいし豚肉や鶏肉も当たるので飽きずに助かっている。

そしてレベルアップしたのと同時に俺にはもうひとつ、とてつもなく大きな変化が起こっていた。

「おはよう、能瀬くん」

「ああ、おはよう、神楽坂さん」

クラスでもあまり話したことのなかった神楽坂さんが、俺に挨拶をしてきてくれるようになったのだ。

だからどうしたと言われればそれまでだけど、男子たるものかわいい子から挨拶してもらって嫌な気はしないので、学校生活に欠けていた潤いが少し出た気がする。

「御門くん、おはよう」

「木里さん、おはよう」

「おう」

「堂本、おはよう」

そして、神楽坂さんだけではなく、今まであまり接点のなかった他のクラスメイトからも結構挨拶されるようになった。

どうやら、逃げた生徒も残っていた生徒から俺がゴブリンを倒したのを聞いたらしく、それなりに恩義を感じているのか結構話しかけてくれるようになった。

今までも別にボッチだったわけではないが、まあ友達は多い方がいいので、これはこれでよかった気がする。

「大前くん、おはよう」

「おはよう」

セイバーである大前にも変わらず女の子が声をかけているが、前と比べると少し変化があったように思える。

それはみんなではなく大前の態度だ。

間違いなく下の階にいたゴブリンは大前が倒したはずだけど、思った以上にゴブリンに苦戦したのかもしれない。

あれ以来、大前が以前のように大口を叩くことが減った気がする。

やはりセイバーである大前にとってもゴブリンは脅威だったのかもしれない。

俺は教室に残っていた生徒から、ゴブリンを倒した銃はどうしたのかと聞かれたが、護身用に持っていたことにしておいた。

クラスメイトの挨拶に気分の上がった俺は、授業も今までより集中して聞くことができている気がする。

そして集中して授業を聞いた後には母さんが作ってくれた弁当だ。俺の昼の弁当は今までよりずっと豪勢なものとなっていた。

もちろんこれもスキルによる恩恵だ。

俺のスキル【ガチャ】は思った以上に当たりだったのかもしれない。

俺の学校生活は今までより少し快適になったけど、それとは反比例的に学校の雰囲気は少し変わった気がする。

みんな今までと変わらず、話したり笑ったりしているが、どこか緊張したような空気がずっと漂っている気がする。

ガチャン！

「ヒッ……」

「悪い。落とした」

誰かが普段と違う物音を立てると、怯えたような反応を見せる生徒が増えた。

今までだったら、誰も気にしないか、もしくは笑い話で済んでいたところだろう。

これまでテレビの中のニュースの出来事だったのが、モンスターの脅威が自分たちのリアルとして認識されたことで、やっぱりみんな変わってしまったと思う。

俺も当事者なのでゴブリンに対する怯えがないと言えば嘘になるけど、運良く倒せたせいかそれともレベルアップしてステータスが上がったせいか、みんなに比べるとそこまででもない気がする。

そして学校では職員による緊急会議とＰＴＡ会議が開かれ、通学時に銃刀法に違反しない範囲で、スタンガンや小型のナイフを常備することが推奨された。

それと剣道部には入部希望者が殺到したらしい。

残念ながら柔道では太刀打ちできないことが証明されてしまったので刃物を使うために剣道部を希望する生徒が増えたようだ。

個人的には剣道部でナイフの使い方を教えているのは見たことがないので入るつもりはない。

第二章　飛来するモンスター

学校の雰囲気は少し変わってしまったものの、授業は変わらず通常通り行われ、何事もなく週末を迎えたけど、予定も特になかったので向日葵と買い物に行くことにする。

本当は親から土日に勉強するようにと言われているが、休みの日にまで積極的に勉強する気にはなれない。

「欲しい物あるのか?」

「本当は服が欲しいんだけど、お母さんがダメだって」

「それは、そうだろう。だってこの前も服買ってただろ」

「今度はワンピースが欲しいの」

「それっていくらくらいするんだ?」

「一万円から一万五千円くらいかな」

「うん、無理。俺そんな金ないから」

「お兄ちゃんのケチ」

「いや、自分のお小遣いで買えって」

「だって、他にも使いたいし服にまでお金かけられないんだもん」

「だもんって……」

向日葵も年頃なのはわかるが、俺よりも明らかに親からいろいろ買ってもらっている気がする。

俺なんて、一万円の服なんか買ってもらったことない。

「女の子はいろいろとお金がかかるんです～」

「ああ、そうかい。今日はウィンドウショッピングな」

「ケチ～。お兄ちゃんが出してくるお肉とかって売れたりしないのかな。結構余ってきてるでしょ」

「いや、無理だって。食中毒とか起こしても責任取れないから」

「〝ノンクレーム、ノンリターンでお願いします〟で格安出品とかいけるんじゃない？」

「いや、産地とかどうするんだよ」

「偽装？」

「ダメダメ」

向日葵が悪い子になってしまいそうで、お兄ちゃん将来が心配になってくるよ。

「まあお昼くらいは奢ってやるから」

「お昼代はお母さんからもらってるからいいよ」

「え……俺もらってないんだけど」

「頼まなかったからじゃない？」

「そんな……」

母親の差別が辛い。

向日葵と一緒に出ることは知ってるはずなのにひとこと声をかけて欲しかった。

俺の【ガチャ】って現金とかは当たらないよな。

いや当たっても偽造通貨とかで捕まったら大変だしないな。

俺も向日葵も特に目的もないのでふらふらしながら街を歩く。

「よく考えたらお兄ちゃんのスキルで欲しい服が当たったりすればいいんじゃない？」

「服は当たっても困るだろ。色とかサイズとかあるし。ショッキングピンクのワンピースとか当たったらやろうか？」

「うん、ごめん。無理」

残念なことに俺のスキル【ガチャ】の結果は完全にランダム。

本物のガチャなら大体の景品や大当たり確率がわかるが、俺の【ガチャ】は引いてみるまでなにが当たるのかわからない。

今のところ特に法則性があるようにも感じない。

「あれ？　能瀬くん？」

向日葵と話しながら歩いていると突然聞き覚えのある声に呼び止められた。

「あ、神楽坂さんに東城《とうじょう》さん」

そこにいたのは最近挨拶《あいさつ》するようになったクラスメイトの神楽坂さんと東城さんだった。

「え～っと能瀬くんはここでなにをしてるの？　もしかしてデート？」

二人が探るような目で問いかけてくる。

「デート⁉　いやいや、妹とブラブラしてただけ」

「へ～、妹さんがいたんだ。初めまして、能瀬くんのクラスメイトの東城です」

「初めまして」

「クラスメイトで能瀬くんに助けてもらった神楽坂です」

「妹の向日葵です」

「ちょっと能瀬くん、妹さんかわいい。能瀬くんと似てなくない？」

「俺は父親似で妹は母親似なんだよ」

人からよく言われることではあるけど、俺と向日葵の顔はあまり似ていない。

まあ、妹が父親似になるより良かったんだと思う。

俺はたまに母親似だったら良かったのにと思うことがあるけど。

「へ〜っ、でも兄妹で買い物なんて仲がいいんだね。妹さん目もパッチリだし、ボブっぽい髪形も似合っててていい感じ。妹さんは中学生？」

「はい中学二年生です」

「能瀬くん、かわいい妹さんがいて羨まし〜な」

「いや普通だよ」

「ここで会ったのもせっかくだし、よかったら妹さんも一緒に四人でどう？」

「ちょっと、英美里《えみり》、迷惑でしょ」

「え〜、だって舞歌《まいか》も妹さんと話してみたいでしょ」

神楽坂さんが止めようとしてくれるけど、東城さんが引き下がる様子はない。

「どうかな向日葵ちゃん」

「わたしは別にいいですよ」

「おい、向日葵」

「せっかく誘ってもらってるしいいでしょ」

「向日葵がいいなら俺は別にいいけど」

「じゃあ決まり。どっかカフェでも行く？　向日葵ちゃんの分はお姉さんが奢っちゃう」

「本当ですか～」

向日葵も褒められて嬉しかったのか、なぜか東城さんの提案で四人でカフェに行くことになってしまった。

「ごめんね。英美里が強引に。迷惑じゃなかった？」

「神楽坂さんが謝る必要ないって。特に予定があったわけじゃないから大丈夫だよ」

「それならよかった」

これはある意味役得かもしれない。

神楽坂さんとカフェなんか普通ならありえない。それに東城さんもかなりおしゃれでいつもより大人っぽく見える。

東城さんは背も高いし、もともとかなり明るめの髪色で学校でも神楽坂さん同様に目立つ存在だけど、私服だと身体のラインが強調されていて学校よりずっとお姉さんに見えるし、グイグイ来られるとちょっとドキッとしてしまう。

神楽坂さんは、イメージ通り清楚な感じでかなりかわいい。制服姿もいいけど私服姿もかわいい。多分神楽坂さんが着るとどんな服でもかわいいんだろう。

うん、かわいいって正義だな。

そんな軽い気持ちのまま、近くのカフェに入ったけど、正直、俺は女子三人というものを舐めていたのかもしれない。

「それじゃあ向日葵ちゃんはフラペチーノね」

「ありがとうございま〜す」

向日葵は結構遠慮なく高いのを注文している。

笑顔でそれが注文できる妹がある意味羨ましい。

俺はココアを注文して四人で席に座る。

「ふふふ〜」

「なんだよ東城さん。その笑いは？」

「なんかこうやって能瀬くんとちゃんと話すのは初めてだなと思って。今日はお兄さんのことといろいろ聞かせてもらいたいな〜」

「はい、勿論いいですよ。フラペチーノ奢《おご》ってもらっちゃいましたし、綺麗なお姉さん二人とお話しできるのも楽しみですし」

「やだ〜向日葵ちゃん。正直で可愛い子はお姉さん大好き」

おいおい、向日葵、フラペチーノでいろいろ人のこと喋る気か。

東城さんのことはよく知らなかったけど、こんなキャラだったのか？

それにしても良くない予感しかしない。いろいろ聞かせてってなにを聞き出す気なんだ。

「能瀬くんの趣味は？」

「お兄ちゃんの趣味ですか？　特にないかも」

「いや東城さんちょっと待って。それは俺に直接聞けばいいんじゃ」

「じゃあ趣味は？」

「いや、特にないけど」

「ふふっ、なにそれ。それじゃあ向日葵ちゃんから見てお兄ちゃんの性格は？」

「そうですね～。わたしには優しいですけど、かなり過保護気味ですね」

「そうなんだ」

「はい、あとはこんなだけど結構責任感が強いほうかも。口でいろいろ言ってても最後は助けちゃうみたいな」

「あ～やっぱりそんな感じなんだ～」

いったいこれはなんなんだ。

なぜか東城さんが向日葵に俺のプライベートな事をガンガン質問してきて向日葵もなにを考えているのか馬鹿正直に余計なことまでどんどん答えている。神楽坂さんも興味深そうに横で聞いているし、この状況、なんかいたたまれない。

想定していなかった事態に早く時間が過ぎてほしいけど、自分のことを目の前のクラスメイトが妹に質問して、なぜか向日葵が答えていくというカオスな状況は続いている。

「はい。兄はカレーよりハヤシライスが好きなんです」

「そうなんだ、男の子にしては珍しい気もするけど。ハヤシライスってちょっとかわいいかも」

「かわいいって、なにを……」

まさかのハヤシライスネタでかわいい。意味もなく恥ずかしい。

「向日葵ちゃん、情報ありがと～」

「どういたしまして。こんなんでよければいくらでも聞いてください」

「うん、今度またお願いするかも～。それじゃあ、最後に能瀬くんに質問です」

なんだ？

急に東城さんの声が小さくなって少し低くなった気がする。

それに今までずっと向日葵に質問していたのに最後に俺？

悪い予感しかしない。

「舞歌を助けてくれたあの銃みたいなのってどこから取り出したの？」

「え？　い、いや、あれは護身用に持ってたやつで」

「能瀬くん、私ね、あのとき教室に残ってたの。それでちょうど舞歌と能瀬くんが一緒に見える位置にいたのよね」

東城さんの言葉に変な汗が出てきた。

「そうなんだ」

「それでね。なにもなかった机の上に突然銃が現れたの」

「いや、マジックじゃないんだから。そんなことは」

「う～ん、たまたまその瞬間を目撃しちゃったのよね」

「いや、それは」

「英美里、もうやめようよ」

「能瀬くん、ズバリ、スキルでしょ」

「え……」

「やっぱり。誰にも言わないから安心してよ」

「なんで」

「能瀬くんの態度で誰だってわかるでしょ」

そんなに俺の態度わかりやすかったか？

向日葵のほうに視線をやると呆れたような表情を浮かべているのが見える。

やってしまったらしい。

「東城さん、内緒で頼む」

「勿論よ。舞歌の命を救ってもらったんだし、あのままだと私だってどうなってたかわからないんだから感謝してるの」

「それならよかった」

「でも、なんで内緒なの？　スキル使えるって自慢できると思うけど」

「俺のスキルは戦闘向きじゃないんだ。間違ってセイバーとかになったらモンスターに襲われてやばいことになるから」

「え～でも～ゴブリンを一刀両断してたのに」

「あれは、たまたま。必死だったし、もう一回やれって言われても無理だから」

「ふ～んそうなんだ。ところで私スキルって興味あるんだけど、ちょっとだけ教えてもらってもいいかな」

結局、このあと、スキルやステータスについて聞かれ、俺のわかる範囲で二人に説明することとなってしまった。

「それじゃあまた学校で～」

普段感じたことのない疲労感を伴って二人と別れてから、街をブラブラしながら帰っている途中それは突然現れた。

「お兄ちゃん！」

「ああ、間違いない。ゴブリンだ」

この前俺が倒したのと同じゴブリンが現れた。しかも三匹も。

周りに他の人は誰もいない。

完全に三匹の狙いは俺たちだ。

なんでこんなところにゴブリンが現れるんだ。ついてない。

どうする。

どうするのが正解かわからない。

前回一匹倒しているせいか、不思議とそこまで恐怖は感じない。

だけどレベルアップしたとはいえ俺一人で三匹のゴブリンを相手取ることはできない。

逃げ切れるか？　俺が突っ込めば向日葵だけならいけるか？

だけど俺が抜かれたら向日葵が襲われてしまう。

三匹相手に俺一人で向日葵が逃げ切るまで持たせられるか？

「向日葵、逃げるぞ」

「お兄ちゃん、わたしもやるよ」

「いや、だけどな」

「だってお兄ちゃん一人じゃ無理でしょ」

そう言われては元も子もないけど、確かに俺一人でゴブリン三匹を相手にするのは難しい。

「わかったよ。一緒にやるぞ。だけど絶対に前には出てくるなよ」

「わかってるって」

俺は持ってきていた懐剣を取り出し手に構える。

「ギャッギャッギャッ」

前方でゴブリンが激しく身体を動かしこちらを威嚇してくる。

身体は小さいとはいえ、その醜悪な見た目で威圧されるとかなり恐怖を感じてしまう。

「お兄ちゃん、いくよ」

「ああ」

向日葵が後方でスマホを取り出したのがわかった。

「これでどう？　お兄ちゃん。【グラビティ】」

向日葵のスキル発動と同時にゴブリンのうちの一匹が苦しそうな表情を浮かべながらその場に膝をついた。

「これいけるかも。お兄ちゃん避けて。【アイアンストライク】」

向日葵の声に反応して横に飛び退くと同時に後方から鉄球が飛来し、膝をついていたゴブリンの頭部にめり込んだ。

グチャッ。

肉の潰れた音がして、鉄球の餌食となったゴブリンはその場から消えて無くなった。

一瞬の出来事だったけど、信じられないことに向日葵は一人でゴブリンを片付けてしまった。

ゴブリンに何もさせなかった。圧倒的と言っていい。

「お兄ちゃん、次来るよ。【グラビティ】」

向日葵は俺にわかるよう大きな声でスキルを読み上げてくれている。

もう一匹のゴブリンに【グラビティ】のスキルが発動したのを見て、俺もゴブリンに向けて走り出す。

速い。明らかに普段よりも速い加速に自分でも驚きながらもゴブリンとの距離を一気に詰めて、懐剣を両手で握りゴブリンのしなだれた首へと振り下ろす。

前回同様に硬い感触は手元に伝わってきたが、そこから更に力を込めると懐剣は振り切れた。

武器の違いなのか、それとも俺のステータスが上がったせいかはわからないけど、前回は断ち切ることのできなかったゴブリンの首が、今回は難なく断ち切ることができてしまった。

「お兄ちゃん！」

俺がゴブリンにとどめをさしたタイミングを狙いもう一匹が、襲ってこようとしていた。

咄嗟に後方へと飛び退くが、その瞬間ゴブリンの頭部に鉄球がめり込みそのまま崩れ落ちた。

「向日葵」

「お兄ちゃん、ちょっと危なかったね」

いや、なんでそんな軽いノリなんだ？

ゴブリンが三匹だぞ。

しかもほとんど三匹とも向日葵が倒したようなものだし。

初めての戦いにしては、向日葵、強すぎないか？

【グラビティ】で動きを止めて【アイアンストライク】でとどめをさす。

ほぼ完璧じゃないか？

いや回数制限があるからやっぱり一人では危険だけど、向日葵は初めてのゴブリン戦にもかかわらず圧倒的なポテンシャルを見せつけたのだった。

ゴブリンの消えた跡を見ると最後の一匹がいたところに以前俺の【ガチャ】で出たのと同じ魔石が落ちていた。

「これってもしかしてゴブリンが残したのか？」

「多分そうじゃない」

「モンスターって倒すと魔石を残すのか？　だけど三匹いたのに一個だけか」

「ゲームとかであるでしょ。ドロップよ。それにもしかしたら魔石以外にも落とすかも。もっと強いモンスターならレアアイテムとかドロップするのかも」

「向日葵、調子に乗るんじゃない」

「は～い」

「それより、向日葵ステータスはどうなってる？　レベルアップしてないか？」

「え～っと、残念。まだレベルアップしてないみたい」

「そうなのか」

てっきりゴブリンを三匹も倒したのでレベルアップしてるものだとばかり思っていたが、そうではないらしい。

もしかしたら個人差があるのかな。

まあ俺は運よく上がりやすい体質だったのかもしれない。

ほとんど向日葵が倒してしまったとはいえ、ゴブリンにとどめをさした状況はこの前とそう変わらないけど、明らかに前よりもスムーズに倒せた。

多分だけど俺は強くなっている。

ゴブリンと正面から戦って勝てるほどになっているのかはわからないけど、それでも強くなっているのはわかった。

家に帰ってから、ゴブリンのドロップについてもスマホで調べてみた。

やはり、ゴブリンからはたまにドロップが出るらしい。

これはゴブリンに限った話ではないようだが、ゴブリンからドロップするのは今のところ魔石だけらしい。

そして肝心なのは二点。

魔石とは何かという事だけど、なにやらエネルギーの塊らしく、偉い学者の人たちがこぞって魔石に含まれたエネルギーの使い方を研究中らしい。

そして一番大事なのは魔石が売れるのか。

この答えは非常に微妙なものだった。

結論から言えば、魔石は売れる。

むしろドンドン買取ります的な感じさえある。

買取価格はゴブリンの魔石で一万五千円くらい。

高いのか安いのかわからないけど買取価格でこれなので、高校生の俺にはかなりデカい。

ただし問題がひとつあった。

買取してくれるのはセイバーからのみ。

盗難や怪しいルートのものを買い取れないという建前と、セイバーの登録を促すという実利的な理由かららしい。

つまりは、今のままだとセイバー登録していない俺の手元にある魔石はただの綺麗な石でお金を産むことはない。

今手元にある魔石は二個。

買い取り価格で三万円分だが、セイバーにならない限り売り捌《さば》けない。

大前とかに頼む手もないことはないけど、いったいどこから手に入れたのか疑われるのは間違いない。

これは今のところ、売れそうにないので死蔵させるしかなさそうだ。

あまりモンスターと出会いたくはないけど、今後戦うことがあって、もっと魔石が増えてしまったらそのときにどうするか真剣に考えようかと思う。

■■■■■■■■■■

あれからというもの東城さんと神楽坂さんに話しかけられる機会が増えた気がする。

俺的にはかわいい女の子が話しかけてくれて単純に嬉しいのだが、なぜか大前が恨みがましい視線を送ってくるので、それだけはやめてほしい。

俺はなにも悪くないんだから。

特に東城さんは積極的に話しかけてくれるのでそれなりに打ち解けてきた気がする。

そして日課として毎日2回【ガチャ】を引き続けている。

基本、食料と武器、たまに日用品という感じで当たる。バリエーションは結構豊富なので被ることはあまりないけど、ひとつ問題がある。

当たった景品はスマホに文字情報として表示されるのだが、放っておくと六日目に消えてしまう。

放置して初めて表示が消えてしまったときのショックは計り知れないものがあった。

タップして受け取りさえすればずっと残るのだが、肉一キログラムが当たったり、結構量が多いので、最初の頃は良かったけど家族四人で食べ切るには多すぎて最近ダブついてきた。

SDGsが提唱されるこの時代に捨ててしまうのも忍びないので、我が家では冷凍庫を買い増しして対応しているが、これもいずれ限界を迎えそうだ。

そしてそれよりも問題なのは武器だ。

最初は両親と妹にも配って喜ばれていたけど、予備を含めて二本以上はいらないと言われ、俺自身も何本もは必要ない。

そのせいで家にはナイフなんかが売るほど置いてある。

このまま増え続けると完全に不審者の家みたいになってしまう。

足がつきそうでネット販売も控えているが、いずれはお世話になるしかないかもしれない。

放置して消去する道もあるにはあるけど、やはり勿体ない。

いろいろと問題も出てきてはいるけど、やはり引ける以上は引かないという選択肢はないのできっちり毎日2回引いている。
「今日は……すっぽん⁉」
これは当たりなのか？
すっぽんなんか食べたことないし、多分母さんも調理したことはないと思われる。
確かに高級食材。
元気も出るかもしれないが、すっぽん。
まさか、そのままじゃないよな。
俺は恐る恐るスマホ画面に表示される『すっぽん1』をタップする。
「……」
俺の目の前には、あのすっぽんが現れた。
そして甲羅から突き出した顔がこちらに向いた。
そしてテーブルの上から高速で逃げ出しガサゴソ移動を始めた。
「嘘だろ〜！」
この【ガチャ】生き物もありだったのか⁉
もしかして今後牛とか豚もあり得るって事か⁉
いや今はそれより逃げたすっぽんだ！
すっぽんって噛まれたらやばいんだよな。
俺は精神を集中させ戦闘モードに入る。
向上したステータスを目一杯使い、逃げるすっぽんを即座に捕まえた。

捕まえはしたけどこれをどうしろというんだ。

念のために母さんに聞いてみたが、悲鳴を上げて拒否された。

家にナイフは大量にあるけど、俺にコイツを解体するのは無理だ。

恐らくこのすっぽんは日本生まれだ。

だから、池に放しても大丈夫のはずだ。

少しだけ生態系が心配にはなったけど背に腹は代えられないので、遠かったけど池まで行って放流してきた。

今後、【ガチャ】の景品で生物表記だった場合は要注意だ。


あれ以来学校にゴブリンが現れることはなかったが、やはりセカンドブレイクの影響は大きく、学校の生徒がモンスターに襲われるケースが頻発している。

この前の件でみんな武器を携帯するようにはなったけど、スキルを持たない者がモンスターと戦うのは厳しい。

既に何人かの生徒は学校に来なくなってしまった。

そして俺と向日葵も何度かゴブリンに遭遇してしまっている。

向日葵には一人のときは逃げるように言っておいたのにしっかり仕留めたらしく、遂にレベル2となったようだ。

元々ＩＮＴ以外の数値は俺より低かったので、レベルが上がっても俺よりは数値が低めだが、全ての数値が5は超えているので平均的な成人男性よりは上だろう。

そして俺はやっぱりレベルアップするのが早いらしく、レベル３へと到達した。

能瀬　御門
ＬＶ2　↓　3
ＨＰ15　↓　20
ＡＴＫ10　↓　15
ＶＩＴ9　↓　14
ＩＮＴ3
ＡＧＩ12　↓　18
スキル【ガチャ2　↓　3】

レベルアップにより思っていた通りスキルの使用回数が増え、若干ではあるが威力も増している気がする。

レベル3となったことで俺の【ガチャ】の使用回数は3回へと昇華した。

既に、一対一なら正面から当たってもゴブリンに負けないだけのステータスとなっている。

「なんでかなぁ」

ただ、向日葵はＩＮＴも上昇していたのに俺はレベル３になっても初期数値のままだ。

レベルアップ最大の謎と言っても過言ではないだろう。

謎は考えても謎のままなので、レベルアップしてから初めての【ガチャ】を引いてみる。

スマホに表示されたのは『ショートソード1』。

「おおおお～！」

ついにショートとはいえソード。

これは完全に戦闘用に特化したれっきとした武器だ。

ドキドキしながらスマホをタップする。

すると目の前には刃渡り六十センチはありそうな立派な剣が現れた。

はやる気持ちを抑え手に持つとずっしりとした重みが伝わる。

本物の剣だ。

何度か振ってみるが、これならゴブリンなんか目じゃない気がする。

大幅な戦力アップだ。これは完全に当たりだろう。

俺は大喜びで向日葵に剣を見せたが、ひと言。

「お兄ちゃん、こんなのどうやって持ち運ぶ気？　警察に捕まるよ？」

「……」

確かに、これを普段から持ち歩くのはまずい。

セイバーになれば問題ないが、一般学生が持ち歩いていいもんじゃないのは確かだ。

あまりのショックに一瞬声を失ってしまった。

それでも、なんとか立ち直り、それからも変わらず【ガチャ】は毎日回している。

家族分の武器が出てからは、武器が出た場合スマホ内に死蔵しておいた。

それでわかったが、消去される日数が六日から八日に延びていた。

今のところ特に役に立つことはない機能だが地味に、スマホ内での保存期間も延びたらしい。

そして学校ではまた変化があった。

大前に続き、生徒からもう二人セイバーが生まれていた。

これで学校内のセイバーは三人になった。

まあ、セイバーが多ければ多いほど学校の安全が担保されるのでいいことではあるけど、そのうちの一人はかなり調子に乗っている。

周りが持ち上げるのが良くないのだと思うが、まさにお山の大将。

クラスが違うので直接的な影響は少ないけど、普段から威張り散らしているらしい。

もう一人は学年が違う上に女の子らしく全く面識はない。

「ねぇねぇ、能瀬くんはそろそろセイバーになったりしないの？」

「ちょっ、その話は……」

「大丈夫、大丈夫、みんな騒いでるし、私たちにしか聞こえてないから」

「それにしてもなぁ」

「セイバーが三人になったことだし、そろそろ能瀬くんもねぇ。そう思うでしょ舞歌」

「そうね。それもいいかなとは思うんだけど」

「そうは言うけど、俺のスキルは戦闘向きじゃないから無理じゃないかなぁ」

「三組の岸田《きしだ》くんが偉そうにしてるし、能瀬くんがセイバーになってくれたほうがねぇ」

「ああ……そういう感じか」

東城さんの言うこともわからなくはないけどなぁ。

「おい、あれってなに？」

俺が二人と話していると、クラスメイトの声が聞こえてきた。

「え？　ただの鳥じゃねえの」

「いや、鳥にしては大きさがおかしくねえか？」

「確かに変かも」

「ちょっと待て、こっちに向かってきてねえ？」

「おい、大前ちょっと来てくれ」

「どうかしたのか？」

「あれ、なんだと思う？」

「鳥じゃなさそうだな。こっちに向かってきてるけどなんだ？　もしかしてモンスター？　いや、だけどゴブリンは飛ばないだろ」

「おいおい、来てるぞ！」

「みんな～モンスターだ！　来てるぞ～！」

「おい、大前頼むぞ！」

「お、おお、任せてくれ」

クラスメイトが騒いでいるので俺も慌てて外を見てみるが、確かに何かがこちらに向かって飛んで来ている。

大きさから言ってカラスとかではないのは間違いない。

「東城さん、神楽坂さん、逃げよう」

「え？　本当にモンスター？」

「可能性はある。武器持ってる？」

「私はスタンガン」

「わたしも」

「じゃあ、それを持ってとりあえず廊下に出よう」

大前の言うようにゴブリンなら空を飛ぶことはない。もしあれがモンスターなら俺の見たことのないモンスターということになる。

普通に考えてゴブリンよりも上位のモンスターだ。

やばい。

「三組の岸田にも声をかけよう。できればもう一人のセイバーにも。誰か行ってくれ！」

柄じゃないが、俺は何度かゴブリンと戦ったおかげで他の生徒よりは耐性があるので、騒がず急いで指示を出す。

「御門、任せろ。俺が行ってくる」

「俺も行くぜ」

「頼んだ」

大前以外のセイバーの能力は知らないが、三人もいればどうにかなるだろう。

俺はそのまま、教室に置いてあった大ぶりのナイフを手に取り、神楽坂さんたちと一緒に避難のため廊下へと移動する。

廊下から窓越しに外を窺うが、向かってくるその姿がはっきりと見えるようになってきた。

その姿はやはりモンスター。

まだ距離があるのではっきりとしたサイズはわからないが、土色の皮膚のモンスターが背中の翼を動かし飛んでくる。

「あれってまさかガーゴイルじゃ」

クラスの誰かの声が聞こえてくる。

ガーゴイル？　名前だけは聞いたことがあるけど、あれがガーゴイル？　イメージだけどゴブリンよりもかなり上位のモンスターなんじゃないのか？

それがどんどん近づいてくる。

もう間違いない。

完全にこちらを目指している。

「大前！　お前のスキル【ウィンドブラスト】なんだろ！　撃ち落とせ！」

なぜか大前は動こうとしなかったので思わず声をかけてしまった。

「あ、ああ、わかった」

大前が俺の声に急かされ慌ててスキル名を口にしながら手に持つスマホの画面をタップする。

「【ウィンドブラスト】」

目には見えないけど、大前のスキルが発動しこちらへと向かって来ていたガーゴイルを捉えたようでガーゴイルが一瞬空中で弾かれたようにバランスを崩すが、すぐに立て直しまた向かってこようとする。

「ギイエエエエエエ」

「クソッ、落ちろ！　落ちろよ！」

大前が再びスキルを発動したようで、ガーゴイルがまたバランスを崩す。

風のスキルは見えない分避けられにくい。

威力が足りないのか大きなダメージにはなっていないようだが、大前のスキルはかなり有効に見える。

このまま大前が手数で押し切ればいけるか？

「チクショオオオオ～！」

大前の絶叫と共に三度ガーゴイルがバランスを崩したが、すぐに体勢を立て直しこちらへ向かってくる。

「ギイエエエエエ」

何度か攻撃を受けたことで興奮しているようだ。

「おい、大前！　来てるぞ！」

ガーゴイルが、雄たけびをあげながら急速に近づいてきているのに、なぜか大前がスキルを発動するのをやめてしまった。

「ない」

「なんだって？」

「もうスキルがない」

「え⁉」

そんな馬鹿な！

衝撃の事実が判明してしまった。大前はさっきの三発でスキルを使い切ってしまったらしい。

確かに向日葵もレベル1ではひとつのスキルにつき使える回数は3回だった。

シングルスキルならもう少し回数が多いのかと思ったがそうじゃないのか？

もしかして大前はレベル1のままだったのか？

この前の戦闘でレベルアップしてなかったのか？

いずれにしてもこのままじゃやばい。

モンスターはさっきの攻撃に激高し、完全に大前をターゲットに向かって来ている。

「大前！　逃げろ！　ガーゴイルはお前を狙って来てるぞ！」

「そんな……ひぃ……」

ドガアシャアアン！

ガーゴイルが校舎の窓枠を突き破り教室の中へと飛び込んできた。

でかい。

飛んでいるときはわからなかったが、こうして間近で見るとゴブリンと比べて遥かに大きい。

チンパンジーとゴリラくらいの違いがある。

初めて見たゴブリンに感じた以上の威圧感を放っている。

「みんな！　逃げろ！」

みんなに逃げろとは言ったものの、こんな翼を持ったモンスターから逃げることは可能なのか。

ガーゴイルの放つ圧で廊下にいる俺まで全身が総毛立ち冷や汗が流れてくる。

そのとき、廊下の奥から場違いな声が聞こえてきた。

「おいおい、そんなに慌ててどうしたんだ。俺に助けてほしいのか？　しょうがねえこれもセイバーとしての務めってやつだからな。俺に任せとけよ。それでどこにいるんだ？　教室の中か？　大前の奴はどうしたんだよ。もしかしてセイバーのくせに逃げ出したのか？　こりゃ通報もんだろ、ハハッ」

岸田か。いいタイミングで来てくれた。態度はいただけないが、今は岸田に頼る外ない。

「岸田！　教室の中だ！　急いでくれ。頼む！」

「はい、はい。岸田じゃなくて岸田くんな！」

岸田は余裕をかましながらゆっくりとこちらに向かってくる。

「大前、いまだ！　逃げろ！」

「む、無理だ」

大前が蛇に睨まれたカエルのようになってしまっている。

ガーゴイルから少し距離のある俺でも身体の震えが止まらないんだから仕方のないことだけど、岸田の動きが遅い。

クソッ、間に合わない。

大前は悪い奴じゃない。女の子たちにチヤホヤされて羨ましいところはあるけど、俺と違ってスキルを役立てるためセイバーとなり、前回も、今回だって一番に矢面に立っている。

スキルが通用しなかったのは結果論で、大前のせいじゃない。

俺はナイフを握り締め、レベル3になったステータスをフルに発揮して、背を向けたガーゴイルに思いっきり投擲した。

勢いよく一直線に飛んだナイフがガーゴイルの背中へと突き刺さった。

「ギョアアアアアア」

ガーゴイルの叫び声がこだまする。

俺はすぐにスマホをタップして死蔵させていたショートソードを発現させ手にする。

「岸田あああ～！　急げえええ～！」

さすがに状況を察したのか岸田が小走りでやってくる。

「お、おい、なんだよあれ。ゴブリンじゃねえじゃねえか。なんだあの大きさ。聞いてないぞ」

岸田はガーゴイルを見るなり、いきなり怯み始めた。

「岸田あああ～！　セイバーなんだろ！　スキルだ！　スキルを使えええぇぇ！」

「うっせ～言われなくても今使ってやるよ！　だまって見てろ。くらえええ！　【ファイアボール】」

岸田はあたふたしながら、雑魚キャラのようなセリフを吐き、スマホをタップした。

その瞬間、空中にソフトボール大の火球が現れ、ガーゴイルに向かって飛んでいった。

ジュッ。

「ギョアアアアアァァ」

火球がガーゴイルに命中し肉が焼ける臭いが教室に立ち込め、ガーゴイルの絶叫が響き渡る。

火球は小さいが確実にダメージは与えている。

「岸田、頭だ！　顔を狙え！」

「うっせえんだよ。いちいち指示してくんな！」

再び岸田がスマホをタップしスキルが発動する。

今度は火球がガーゴイルの顔に向けて飛んでいくが、それに反応したガーゴイルが腕をクロスして頭部を護った。

火球はガーゴイルの腕に命中し、教室にはまた肉を焦がす臭いが充満する。

「岸田、効いてるぞ！」

「うるせえって言ってんだろうが」

再び火球が発現してガーゴイルの腕を焼く。

このまま続ければ勝てる。ガーゴイルがデカくても火は確実に効いている。

岸田の【ファイアボール】とガーゴイルの相性はいい。この場を乗り切れる光明が見えた。

だが、四発目の火球が放たれることはなかった。

「岸田……まさか」

「クソッ、打ち止めだ」

マジか。まさかの打ち止め。もしかしなくても岸田もレベル1なのか！

これで頼みのセイバー二人がスキルを使い果たしてしまった。

ガーゴイルにダメージは入ったが致命傷には程遠い。

くそおおお～！

絶体絶命とはこのことだ。岸田の攻撃がやみ、ガーゴイルのターゲットは完全に俺と岸田に移った。

だけど、ここはまずい。

東城さんや神楽坂さんもいるし、クラスのみんなも巻き込まれる。

俺は中二病患者じゃない。

俺に英雄願望はない。

俺は普通に暮らせればいい。

家族と向日葵と仲良く普通に暮らせればそれでいい。

特別、尖った正義感も目立ちたいという欲求もない。

ガーゴイルを前に何を置いても一番に逃げ出したい。

だけど、俺だけは知っている。

レベル3に到達した俺のステータスがこの中の誰よりも高いであろうことを。

目の前のガーゴイルを留《とど》めることができるとすればショートソードを手に持つ俺だけであろうことを。

くそっくそっくそっ。

多分全力で走ればレベル3である俺だけは逃げられる。

だけど……。

岡島も、東城さんだって、そして神楽坂さんだって見殺しにできない程度には知ってしまっている。

こんなことなら誰とも親しくならなければよかった。

だけどもう今更だ。

俺は素早くスマホをタップし死蔵リストから脇差を選択し、それを岸田へと渡す。

「お、おい、お前、これって」

「岸田、お前セイバーだろ！　月に百万もらってるんだろう。根性見せろ。人類の剣なんだろ！　スキルがなくても戦えるだろ！」

「言われなくても！　お前こそ、ぶるってるんじゃねえのか」

「そんなの当たり前だろ。俺はセイバーじゃないんだ。あんな化け物相手にびびらないわけないだろ」

「は、はっ。違いねえ」

「東城さん、神楽坂さん、みんなと一緒に逃げろ！」

「でも能瀬くんは？」

「俺がなんとかするから！　逃げて！　時間がない！」

「わかった。舞歌行くよ」

「で、でも」

「私たちは邪魔になる」

「……うん」

できれば、みんなが逃げ切るまで待ってほしかったが、ガーゴイルがそんな気を使ってくれるはずもなく、翼をはばたかせたと思ったら一瞬で距離を詰められた。

「速っ」

極限まで集中した状況で、ステータスの上昇は動体視力と反射神経にも影響を及ぼし、俺の目は高速で向かってくるガーゴイルの動きをどうにか捉え、回避する。

「岸田あああ～！」

「くそがあああ～！」

俺に攻撃を躱されたガーゴイルはそのまま岸田に襲いかかった。

岸田は俺の渡した脇差でガーゴイルの攻撃を受け止めるが、そのまま吹き飛ばされ攻撃を受け止めた脇差は折れてしまった。

「なっ……」

無茶苦茶だ。脇差とはいえ刀が折れるなんて無茶苦茶だ。

すぐ横にいるガーゴイルに向け渾身の力で剣を振るう。

「うおおおお～！」

俺の振るった剣はガーゴイルの左の翼を捉えそのまま切り裂く。

「ギャアアアアアア！」

ガーゴイルが腕を振るいバックブローを浴びせかけてくる。

必死で剣を引き刃で攻撃を受ける。

「ガハアアッ」

まるでダンプカーにでも衝突されたかのような衝撃が伝わり、俺は剣ごと弾き飛ばされる。

防いだ剣は確かにガーゴイルの皮膚を裂き肉を断った。

だけどガーゴイルの攻撃を受けたショートソードの刃は完全に潰れて、剣が歪んでしまった。

衝撃で腕と手首が痺れる。

そして吹き飛ばされ床に叩きつけられた背中が痛い。

だけど、ここでやられてやるわけにはいかない。

俺には家族が、向日葵が待っている。

俺がこのままやられたら、クラスのみんなもやられる。

神楽坂さんかわいいもんな。

こんなモンスターにやられるとかありえない。

かわいいは正義だ。

東城さんだって神楽坂さんとは違った方向でかわいいし、どっちかというと彼女は綺麗系だな。

そんな二人をこんなモンスターに食わせてやるわけにはいかない。

「かわいいを舐めるなよ」

俺は痺れる手でスマホを二度タップし剣を呼び出す。

「一本でダメなら二本でどうだ！　俺はセイバーじゃないけど、俺だって能力者なんだ！　お前なんかに負けてやるかよ！」

俺は両の手に剣を携え、体を起こしガーゴイルと対峙する。

もう感覚が麻痺して、ガーゴイルの事を怖いと思う俺はいなくなった。

それに剣はまだまだある。

ガーゴイルをよく見ると腕には火傷とさっきの攻防での刃傷。背中の翼は片方が裂けている。

俺以上にダメージあるんじゃないか？

「ガアアアアアアッ」

ガーゴイルが吠え、一直線に俺に向かってくる。

だけど俺には見えている。

このまま受ければ俺はまた飛ばされる。

右足に力を込めガーゴイルの突進を避けると同時に、力任せに両手に持つ剣を振るいガーゴイルを切り付ける。

「ギャアアッ」

俺はこの戦いの中でわずかな手応えを掴んでいた。

パワーは完全に負けているがスピードだけはどうにか対応できる。

俺のステータスの中ではＡＧＩの値が一番高い。

その数値はガーゴイルを相手にしても十分渡り合える。

そして俺の【ガチャ】で排出したこの剣はガーゴイルの肉を断つことができている。

このままやれればいける。

ガーゴイルは血を流しながらも戦意を失うことなく俺に向けて突進を敢行してきた。

ダメージでさっきほどのスピードはない。

十分対応できる。

ガーゴイルの動きに集中して、剣を合わせようとした瞬間、ガーゴイルは急停止し、その腕を俺の側面から振るってきた。

「くうううっ」

必死に右手に持つ剣を滑り込ませるが剣の上から攻撃を叩き込まれ、俺の身体は横にくの字を描き弾き飛ばされた。
「グハッ」
痛い、痛い、痛い。
ここが学校じゃなきゃ泣き叫んでしまうくらい痛い。
昔、全速力の自転車で転んで飛んだあのときよりも遥かに痛い。
「ぐうぅぅ」
なんだあいつ。力技だけじゃなくフェイントを入れてきた。
戦いの素人の俺にそんなの対応できるはずがない。
ゴブリン相手だったらもうとっくに終わってる。
ガーゴイルどんだけ強いんだよ。
クソッ。
見積もりが甘かった。こいつは完全に俺を上回っている。
だけど、それなりに時間は稼いだはずだ。
神楽坂さんたち逃げれたかな。
彼女たちが逃げる時間を稼げたなら俺が命を懸けた意味もあったかな。
痛みで戦意が急速に失われていく。
「うあああああ〜！」
大前。
顔を上げると大前が、手に持つ短刀で身体ごとガーゴイルに当たったのが見えた。

大前、お前すごいな。

さっきまで睨まれたカエルみたいに竦んでたのに、ここでやれるのか。

「セイバー舐めるな～！」

「グガアア！」

短刀がガーゴイルの脇腹を抉るが、怒り狂ったガーゴイルに大前は殴られ戦闘不能に陥った。

「ガハッ」

岸田も大前もやられてしまった。

そして俺もすぐには動けそうにない。

本当にもう手がない。

詰んだ。

だけど、大前も最後に根性見せたんだ。俺だってまだ諦めることはできない。

俺は必死に身体を起こし、剣を支えに立ちあがろうとするが、俺の動きを見て再びガーゴイルが動き出そうとしているのが見える。

表情の薄いその顔が自らの勝ちを確信しているようにも見える。

こうなったら刺し違えてでもやるしかない。

ガーゴイルの突進を剣の先を上げ迎え撃つ。

そう覚悟を決めて足と腕に力を込めるが、その瞬間地面から荊のような植物が生えてきてガーゴイルの脚に巻き付いた。

一瞬何が起こったのか理解することができず、動きを止め、ただその光景に見入ってしまった。

「今です！　とどめを！」

後方から女の子の声が聞こえてきて、ようやく俺は事態を理解することができた。

この学校には三人のセイバーがいる。

三人目の女の子。

この攻撃はまず間違いなくその子のスキル。

「ギェエエエア」

ガーゴイルが足下の荊を引きちぎろうと力を込める。

今しかない。

ここでやらなきゃもうチャンスはない。

身体は痛むが、必死に脚を動かし手に持つ剣を振るう。

そもそも俺はまともな剣術を習ったことなどない。

技なんかない。

ステータスを極限まで絞り出し、左右の腕を必死で振り続ける。

「おおおおおあああ！」

残る体力を全てつぎ込むつもりでガーゴイルを切り裂き続ける。

これを逃せば本当に後がない。

手が痛む。腕も肩も痛い。息も苦しい。

「もう、死んでます」

後方から女の子の声が聞こえ、俺は腕を動かすのをやめる。

俺の前方でズタズタになったガーゴイルがその姿を消失させた。

「お、終わった……」

どうにか勝った。

ギリギリ、というよりもほぼアウトだったけど、なんとかガーゴイルに勝った。

セイバー三人と俺の四人がかりでどうにか勝てた。

いや最後、彼女による助けがなければ、完全に負けていた。

俺はその場にへたり込みながら、後方にいるであろう三人目のセイバーに視線を向ける。

そこにいたのは小柄な女の子。

黒色の長い髪と抜けるような白い肌が特徴的な小柄な女の子が立っていた。

「フォロー助かったよ。ありがとう」

「いえ、倒せてよかったです。ところでさっきのモンスターはゴブリンではないですよね」

「多分、ガーゴイルだと思う。誰かがそう言っていたから」

「ガーゴイルですか！　よく勝てましたね」

「いや、本当。よく勝てたよ。君はセイバーなんだよね」

「はい、セイバーの野本紬《のもとつむぎ》です」

「ああ、俺は能瀬御門」

「先輩もセイバーなんですよね」

「いや、俺はセイバーじゃない。セイバーはあそこで伸びてるあの二人」

「え？　じゃあ、先輩は？」

「はは……たまたま居合わせた一般生徒？」

「一般生徒は両手でそんな剣を振り回せないと思いますよ」

「確かに、言えてるかも」

それにしてもガーゴイルはゴブリンとは桁違いに強かった。

四人いなければ間違いなく負けていた。

少し落ち着いて気がついたが、身体中が痛いのは変わらない。だけど完全にガス欠だったのが少し動けるようになっている気がする。

これってもしかして。

能瀬　御門
LV3　↓　4
HP6／20　↓　11／25
ATK15　↓　20
VIT14　↓　19
INT3
AGI18　↓　25
スキル【ガチャ3　↓　4】

やはりレベルが上がっている。

こういう状況に追い込まれたのは初めてだけど、どうもガーゴイルとの戦いでＨＰが６まで低下していたようだ。

これって０になったら死んでしまうってことなのか？

そうだとすれば６はかなり危なかったのかもしれない。

それがレベルアップ分の５回復して今は11になっているので、少し動けるようになっているのだろう。

だけど身体中が痛いのは変わらないから、ＨＰが回復しても傷や痛みが治るのとは少し違うのかもしれない。

向日葵のステータスしか聞いたことがないからはっきりとは言えないが、ＡＧＩの伸びだけが特に高い気がする。

そしてレベル４になってもＩＮＴは３のまま。

さすがにこのまま伸びないのであれば落ち込んでしまいそうだ。

そして【ガチャ】の回数が４へと昇華した。

今までのことを考えると、スキルの回数が増えるのはスキル自体の性能が上がったことと同義なので、今使ったショートソードより更に強力な武器が出る可能性がある。

「あ……私レベルアップしたみたいです」

どうやら野本さんもさっきの戦いでレベルアップしたらしい。

いまだにレベルアップの仕組みはよくわからないが、とどめをささなくても戦闘に参加していれば、レベルアップの対象になるみたいだな。

貢献度的なものがあるのかもしれないけど、もしかしたら大前と岸田もレベルアップしたかもしれない。

ガーゴイルの消えた跡を見てみるが特にドロップらしきものはなかった。

まあ、ここでドロップが出ても四人で分けるとかは難しかったし、厄介事が増えなくてよかったかもしれない。

戦いが終わったのを察して、廊下の一番奥から数人の生徒が覗《のぞ》いているのが見える。

「おお〜い。大丈夫か〜」

「ああ、なんとか」

「モンスターは？」

「倒したよ」

「おおおおおお〜マジで。みんな〜モンスター倒したって！　もう大丈夫そうだぞ！」

「おおおお〜よかった〜。もう死ぬかと思ったぞ」

「モンスターヤバすぎ」

「一応救急車呼んどいた」

モンスターが倒されたのを確認すると、神楽坂さんや他のクラスメイトも様子を窺いながら戻ってきた。

「能瀬くん大丈夫？」

「ああ、神楽坂さん、大丈夫ではないけどなんとかね」

「能瀬くんが倒したんだよね」

「いや、まあ、俺一人じゃないんだけど」

「能瀬くん、その剣すごいね。ファンタジーっぽいっていうか二刀流ってやばくない？」

「東城さん、やばくはないと思うけどみんな無事でよかったよ」

「能瀬くん、助けてくれてありがとう」

「怪我がなくてよかったよ」

「そうだ能瀬くん、御門くんって呼んでいい？」

「え、なんで名前」

「だって、モンスターから救ってもらってここは惚れるところでしょ。ねぇ舞歌」

「うぅん」

　東城さんがいきなりぶっ込んできたが、神楽坂さんの「うぅん」は肯定の『うん』なのか否定の「ううん」なのか判断がつかない。

　表情的には微妙なところだが、ここで確認する勇気は俺にはない。

　そして今回の一件で俺がスキルホルダーであることがクラスのみんなにバレた。

　もっと言えば、同じフロアの生徒のほぼ全員にバレてしまった。

　いちおう誤魔化してみたけど、それには無理があった。

　野本さんにも指摘されたけど、剣を両手にガーゴイルとやり合っておいて、しらばっくれるのは無理だった。

　そもそも興奮していて憶えていないが、戦いの最中に自分が能力者であることを口走ってしまっていたらしい。

それをクラスメイトにしっかり聞かれていたので、完全にアウトだった。

みんなには、戦闘向きのスキルじゃないからと濁しておいた。

勘違いした誰かがストレージ系のスキルだろと言っていたので、それに乗っかっておくことにした。

岸田と大前は、救急車で運ばれて行ったけど、レベルが低くてもスキルホルダーなので命に別状はなさそうだ。

もしかしたらあの二人も今回の戦闘でレベルアップして、その恩恵を受けていたかもしれない。


スキルについては相談する相手もいないし、時々掲示板を見て参考にさせてもらったりしている。

以前に比べると格段に板も書き込みも増えているが、その中に気になる書き込みを見つけた。

111
なんか、最近モンスターのエンカウント率高くなってる気がする
112
俺、セイバー。もう十回もモンスターと交戦。レベル3
125
レベル1から上がらん。ゴブリンだけじゃ上がらんの？

126
俺はレベル2。ゴブリン二匹で上がったけど、やっぱり個人差あるんだな。もしかして俺早熟スキル持ち?
129
セイバー最高!!　月収三万から一気に百万ってヤバい。俺の人生勝った!
135
いや、セイバー割りに合わない。危険度高すぎる。一昨日腕の骨折られたし、もうやめようかな。
137
そもそもセイバーってやめれるの?　契約書見直すわ
当たり前だけどセイバーはいいことばかりじゃない
百万も貰えるんだからリスクも高い
151
パーティ組んでダンジョン潜ってきた。マジ魔境。モンスター湧いてる。だけど稼げる

どうやらダンジョンに潜ってる人もいるらしい。

ダンジョンの言葉自体は知っていたが本当にダンジョンにはモンスターが溢れているみたいだ。

普通にセイバーしてるだけでも尊敬に値するが、モンスターのいるところに自分から飛び込むってすごいな。

154
ダンジョンどのくらい稼げる？　情報求む
155
四人で一日十二万行けた。手当とは別だし結構でかい
157
一人三万円か。微妙
163
この前オークが出た。ヤバい。ゴブリンと比べられないくらい強かった。一人じゃやられるところだった
165
オークって食えるの？
166
それは異世界だけだ
169
先週、知り合いの学校にガーゴイル出たらしい
173
学校にガーゴイル？　ヤバ
176
その学校終わた

177
いやスクールセイバーが倒したみたい
179
スクールセイバーって高校生？　マジで？　ゴブリンじゃなくてガーゴイル？
あれ？　もしかしてこの書き込みってうちの学校のことじゃ……。
180
マジ。ガーゴイルらしい
182
ガーゴイルってあったことないけどレベルどのくらいでいける？
183
レベル3じゃ無理。レベル5は必要じゃね
184
セイバーの数にもよる。パーティの総レベ10はいるだろ
185
それってかなりじゃね。この中にガーゴイルとやったことある奴いる？
188
キラーアントならある

189
蟻とガーゴイルじゃ違うだろ。鳥と餌だぜ
191
ガーゴイルって鳥だったん
192
そこ⁉
193
蟻を舐めるな！　俺は蟻にやられかけたわ
195
蟻には殺虫剤。ガーゴイルにあったらちびるかも。今時の高校生すげぇ
198
オークにガーゴイルって完全にファンタジー。この世界ってどんどんファンタジー化してる？
もしかしてドラゴンとかもいるのかな
199
ドラゴンって……
201
オマ、それ……
202
もうそれモンスターっていうより怪獣

２０３
ドラゴン？　俺の【ライトニングスマッシュ】が唸るぜ。ゴブリンに二発かかったけど
２０６
絶対無理やろ。ドラゴン出たら日本は滅ぶ
２０７
勇者希望

ガーゴイルであれだけ苦戦したのにドラゴンってまさかだけど、今の世の中有り得ない話じゃないのが怖い。

「母さん、ちょっと相談があるんだけど」

「あら、どうかしたの？」

俺は書き込みとかを見てセイバーの大変さも理解しているつもりだけど、やっぱりセイバーになろうと思う。

「学校にモンスターが現れて、俺も戦ったからクラスメイトとかにスキルホルダーっていうことがバレた」

「バレても御門のスキルって【ガチャ】でしょう。バレて困るのは景品をねだられることくらいじゃない」

「まあ、そうなんだけど。今までは戦うつもりもなかったし、隠しておきたかったんだ」

「でも戦っちゃったんでしょ。御門らしいわね」

「それで考えたんだけど、この際バレてしまったのもあるし、いっそのことセイバーになろうかと思うんだ」

「御門がそうしたいなら母さんは別にいいと思うけど」

反対されたりするかと思ったけど、随分あっさりしたものだ。まあ親ってこんなものかもしれない。

学校のみんなにバレた以上、セイバーにならない理由もなく、今回同様モンスターが襲ってきて自分だけスルーできるほど図太くもない。

「お金も稼げるし、住居も手当してくれるらしいよ」

「家はここがあるしいらないけど、お金稼げるってどのくらい？」

「月に百万円だって」

「うん御門、明日すぐにセイバーになってきなさい。学校は休んでいいから」

「え、休んでいいのか？」

「御門、物事には優先順位ってものがあるの。わかる？　世の中に月百万円より優先順位の高いものはそうはないわ」

「わかった。父さんは大丈夫かな」

「母さんが伝えておくから大丈夫。それよりお金の使い道は考えているの？」

「特に考えてないけど、貯金していくらか家に入れようと思うけど」

「御門！　最近お父さんのボーナスが減ってしまったの。結構切り詰めて切り詰めて。向日葵にも服をあんまり買ってあげられないし」

「わかったって。それなりの額入れさせてもらうって」

「母さん、ずっとお小遣いなしでやりくりしてるのよね」

「わかったって。母さんには一万円でいい？」

「御門！　今は美容院に一回行くだけで一万かかるのよ」

「二万円」

「ああ、私はなんて孝行息子を持ったんでしょう。それにしてもセイバーって高待遇なのね」

「いざっていうときにはモンスターと戦わないといけないからね。それに国の職員が当たるよりはずっと安上がりなんだろ。基本補償もないみたいだし」

「御門！　セイバーになっても絶対に危ないことはしちゃダメよ」

「わかってるって。できるだけ目立たないようにするから」

「本当ね。百万円より御門の命が大事なんだから。そこはちゃんとわかってるでしょうね」

「もちろんだって。俺が命を懸けて戦うようなタイプだと思う？」

「確かにそんなタイプじゃないけど、御門だから」

正直、セイバーの仕事は危ないことも多いと思う。

だけど、スキルホルダーである以上避けては通れないのかもしれない。

それにどうせなら百万円もらったほうがやる気も出る。

結局父親も賛成してくれ、俺がセイバーになることは了承されたけどひとつ問題もあった。

俺がセイバーになると知った向日葵が、

「お兄ちゃんだけずるい。お兄ちゃんがなるならわたしもセイバーになる」

「ダメ！」

「だってお兄ちゃんよりわたしのほうが強いんだよ？」

「それは……そういう問題じゃない」

「え〜っ、納得いかない」

「ダメなものはダメ」

結局向日葵にもお小遣いを月に二万円ということでどうにか納得してもらった。

母親が向日葵の月百万円という言葉に一瞬揺らいだように見えたときには焦ったが、さすがにそこまで守銭奴ではなかったようで事なきを得た。

そして俺は4回となった【ガチャ】を今日も引いてみたが、多分景品もグレードアップしている。

今日の景品は、薬草、霜降り牛肉三百五十グラム、ボウガン、鉄の小手だった。

今まで出たことのないものばかりだ。

この中で一番テンションが上がったのは霜降り牛肉三百五十グラムだ。

母親も「今日は、おいしいおいしいしゃぶしゃぶだ」と小躍りしていた。

少しわがままを言わせてもらうと、四人家族で三百五十グラムは少し物足りない。せめて五百グラムは欲しかった。

そして薬草。

スマホをタップすると普通に草の束が現れた。

いったいなんの草なのか全く見当もつかないし、これをどうすればいいのかもわからない。

おひたしにして食べればなにかが起こるのか？

いや薬草ってくらいだから傷やＨＰが回復するのかもしれないけど、今は怪我も癒えているので試しようがない。

ボウガンは少し小ぶりだが、今まで飛び道具が出たことはなかったのである意味革新的だ。

鉄の小手についていては重いだけで正直使い道がない。

とにかく今までにない景品ばかりだし、レベルアップの恩恵でグレードアップしたのは間違いないだろう。

翌日、母親のススメ通り学校を休んでセイバーになりにきた。

オフィス街の一角にセイバーを管理する国防セイバー管理組合というお堅い名前の事務所があり、そこに来ている。

セイバーの制度自体が新しいので、事務所も新しいけど思っていたよりもずっとコンパクトで職員の人もそんなに多くはないようだ。

受付でセイバー認定希望の旨を伝えて、書類に記入。学生証のコピーを取られてから、奥に連れて行かれる。

事務所はコンパクトなのに奥はなぜかシェルターのようになっていてかなり広い。

「では、スキルを実演していただけますか？」

「え？　スキルの実演ですか？」

「はい、実際にスキルを確認できませんと、セイバーとして登録はできませんので」

確かに騙《かた》りでセイバーになれてしまえば大変なことになってしまうのでスキルの確認は必須だろう。

ただ、ここで問題が発生してしまった。

俺は既に今日の朝【ガチャ】を4回とも引いてしまっている。

まずい……。

「どうかされましたか？」

一瞬係の人の表情が険しくなった気がする。

冷や汗が流れてくるが、ここで俺はあることを思い出した。

【ガチャ】は引けないけど、ストックした景品なら呼び出せる。

俺は慌ててスマホのリストから『短刀』をタップし出現させる。

「ほう、ストレージ系のスキルですか。珍しいですね」

「そ、そうですか？　珍しいですか？」

「はい、攻撃系のスキルに比べると出現率は低いようですね。回数は一度だけでしょうか？」

「いやまだいけます」

そう言って俺はもう一本剣を取り出す。

「わかりました。ありがとうございます。それではスキル名を登録しますのでお聞きしてよろしいですか？」

「【ストレージ】……いや【ガチャ】で」

「え？　すいませんもう一度いいですか？」

「え～っと、【ガチャ】で」

「【ストレージ】だったのでは？」

「いえ、【ガチャ】です」

「わかりました。珍しいスキルですね。本事務所では聞いたことがありませんが、セイバーの登録証をお作りしますのでしばらくお待ちください」

話の流れで思わずストレージと言ってしまったが、さすがにスキルを騙るのはまずい。特に嘘をつく必要もなかったのに、流れで思わず口をついて出てしまった。

ちゃんと言い直したので問題ないと思うけど周りの状況に流されるきらいがあるのは俺の悪い癖だ。

これはセイバーになったのを機にあらためていきたい。

しばらく待っていると係の人がやってきて、学生証のようなセイバー登録証を持ってきてくれた。

こんなのがあるとは知らなかった。

「これが身分証明になりますので常時携帯をお願いします。特に武器の携帯使用の場合、警察に確認される場合があるので必ず提示してください」

「わかりました」

その後、指定の銀行口座を作らされて、セイバーについての説明を一通り受けた。

本当に月百万円くれるようだし、家も希望があればそれなりのところを用意してくれるらしい。

ただ、セイバーの地位を悪用したり、モンスターから逃げるようなことが続けば剥奪される場合もあるそうだ。

そしてもうひとつ。

セイバーになったことでダンジョンへの入場資格が発生した。

イレギュラーで地上に発生するモンスターもいるが、その多くはダンジョンで生まれるそうだ。

そして、ダンジョンからモンスターが溢れないようにするのもセイバーの役目のひとつだそうで、年に六回は必ずダンジョンに一定時間潜る義務が発生するとのことだった。

稀にイレギュラー対応を求められることがあるようだけど、ある意味軍隊の予備役みたいなものだろうか。

たまに呼ばれてダンジョンのモンスターを倒すのが仕事か。

昨日見た掲示板の人はこれもあってダンジョンに潜っていたのかもしれない。

まあこれだけ高待遇だからみんな文句も言えないだろうけど、ひとつ気になったのは、基本全ては自己責任。怪我に備えて保険に入るのも自分でだし、怪我や命の補償は一切ないとのことだった。

これを聞いてやっぱり向日葵はセイバーにはさせられないと強く思ったが、百万円もくれる意味を妙に納得はできた。

そしてもうひとつ大きいのはここでドロップ品を買い取ってもらえるようになったことだ。

値段表とかはないらしく、持ってきてみないと値段はわからないとのことだったので今度魔石を持ってきてみようと思うけど、あれが売れれば俺のお小遣いとしては十分すぎる。

こうして晴れてセイバーとなることができたものの、セイバーになったからといって今までとなにも変わらない。

銃刀法を超えて武器の携帯が認められるとはいえ、普段から腰にバスタードソードやロングソードを下げるわけにもいかない。

ごく稀にそういう人を見かけるが、世間の目は結構厳しい気がするのでやめておこうと思う。

そんな武器を手に戦っている自分を想像するとちょっとだけ胸が高鳴り熱くなる気がするけど、中二病患者でもなく英雄願望もない俺には縁のない話だな。

当然セイバーとなった俺には学校を護る義務も発生するわけで、全校生徒にセイバーとなったことが伝えられた。

そしたら急に話しかけてくる人が増えてビックリだが、その中にはなぜか岸田も含まれていた。

やはり岸田と大前もガーゴイルとの闘いでレベルアップしたらしく、その恩恵もあったのかすぐに退院できたようで、登校すると岸田に絡まれたというかやたらと喋りかけられた。

横柄な態度は相変わらずだが、妙にフレンドリーで変な感じだ。もしかしたら同じスキルホルダーということで親近感が湧いているのかもしれない。

逆に大前はガーゴイルにやられた心のダメージがまだ残っているのか、以前よりも寡黙になってしまった。

「御門がいれば安心だよね」

「まあ、一応」

「御門ってもしかして照れ屋さんでしょ」

「東城さん……」

東城さんは宣言通り俺のことを御門と呼び、

「御門くん、よかったらこれ食べて。昨日作ったんだ」

「え!?　クッキー？　俺にくれるの？　ありがとう」

神楽坂さんは御門くんと呼ぶようになった。

まあかわいい子に名前で呼ばれてうれしくないわけがないので、普通にうれしい。

大袈裟かもしれないけどなんとなく学校生活が色づいてきたような気がする。

やっぱりセイバーになったのは間違いじゃなかったみたいだ。

ただ、あからさまに俺が得るであろう百万円を目当てにした女の子たちもいて、攻勢を強められると日々躱《かわ》すのがかなり厳しい。

俺も嬉しくなって一度だけカラオケに付き合ってみたが、五人分の会計は全て俺持ちだった。

まだ初月の入金もないのに俺には厳しすぎた。

それ以来、お金目当ての子たちとはどうにか距離を取ろうと努力している。

そして【ガチャ】はバスタードソードやブロードソードなどが出るようになった。

もう完全なるファンタジー武器だが、これも家族分揃えたらそれ以上はあまり必要がなくなりそうだ。

余ったらセイバーの三人にあげてもいいけど一応学校では俺のスキルはストレージということになっているので、武器をポンポンあげるのも怪しい気がする。

スキルホルダー以外の人には、以前排出された短刀やナイフのほうが使いやすい気がするし、スキルがランクアップすると、以前出ていた物が出なくなるのは、レベルアップの唯一のデメリットかもしれない。

ちなみに景品で当たった薬草は、捨ててもよかったけど、なんとなくもったいない気がして、湯搔いて鰹節と醤油をかけて食べてみた。

味は独特の苦味があったけど、もったいないので食べきった。もしかしたら調薬スキルなんてものもあるのかもしれないけど、薬草は良薬口に苦しとはよく言ったもので本当に苦くてまずい。

そして茹でた薬草に効果があったのかは結局よくわかっていない。

調薬スキルを持たない俺に薬草は使いこなせそうにないので、もう当たってほしくはない景品のひとつとなった。

■■■■■■■■■■

この一か月で変わったこと。

それは俺の立場だけじゃなく、明らかにモンスターが増えている。

学校だけじゃなく、日常生活の中でもモンスターに遭遇する機会が増えている。

掲示板にも書き込みがあったけど、その理由はわからない。

ダンジョンの出入り口は監視されているはずなので、どこかに違う出口でもない限りはイレギュラー的に地上に発生したモンスターが増えているという事なのだろう。

レベル4になった俺は今のところ大丈夫だが、スキルホルダーではない一般の人にとっては、ゴブリンであっても恐怖の対象でしかなく、生活に支障をきたし始めている。

特に女性や子供が一人で出歩くことは、徐々に難しくなってきている印象を受ける。

そしてモンスターの増加に比例するようにスキルホルダーの数も増えているのか、学校の生徒でセイバーになった生徒も更に数人現れた。

そんな中、向日葵も例外ではなく何度かモンスターと交戦する機会があったようで、既に魔石をふたつ手に入れていたので、俺が代理で組合に出向き売却しておいた。

自分の持っていた三個と合わせて七万五千円となったので、お小遣いとしてはかなりのものだ。

そして俺には既にセイバーとしての最初の報酬が支払われていた。当然向日葵にも二万円をお小遣いとして渡しているので、向日葵の今月のお小遣いは五万円を超える。

中学生のお小遣いとしてはどう考えても貰いすぎだと思うけど、本人は既に服とかに使い込んでいるようだ。

そして肝心の俺の【ガチャ】だが、当たった武器を死蔵させ消去させるのも忍びないと思い一応組合で売れないか確認してみたけど、ノンブランドの出どころがわからない武器は買い取れないとのことだった。

まあ考えてみれば、命がかかっているので、粗悪品の可能性のある出所の確かでない武器を買い取ってもらえないのは当然か。

組合の職員に鑑定スキル持ちでもいれば違うのかもしれないけど、スキルの回数制限があるだろうしやっぱり難しい気がする。

「はい、これ向日葵の分」

「お兄ちゃんありがとう。助かる～」

「向日葵も貯金しろよ」

「お兄ちゃん、中学生は今しかできないんだよ。せっかくお金があるんだから楽しまなきゃ損でしょ」

「そうかもしれないけど」

「それに、もうちょっと大きくなってセイバーになればお金の心配はなくなるし」

向日葵の言う事も間違いではないので何も言えないけど、いつから向日葵はこんな感じになってしまったんだろう。

お兄ちゃんは向日葵の将来が少し不安だよ。

第三章　サードブレイク

翌週の日曜日、なぜか俺は向日葵だけではなく、東城さんと神楽坂さんと一緒にショッピングモールに買い物に来ていた。

いや、理由はわかっている。

東城さんと神楽坂さんが買い物に行きたいけど、モンスターの不安があるからとセイバーである俺に一緒に行きたいとお願いしてきたからだ。

セイバーである以上かわいい女の子のお誘いを断ることなどできるはずもないので、二つ返事をしたのだが、いつのまにか向日葵も一緒に行くことになり今に至っている。

目の前では、三人が楽しそうに服を選んでいる。

なぜか東城さんと神楽坂さんは俺にどの服が好みか聞いてくれるが、二人のセンスがいいのか正直どの服も好みなので返事に困ってしまう。

向日葵を含めて三人ともかわいいので、こういうのを眼福というのだろう。

「え、なに？」

「地震！」

「きゃあああ」

俺が大満足の時間を過ごしている最中、突然地面が揺れ始めた。

揺れは収まるどころか徐々に大きくなっている気がする。

「お兄ちゃん、これヤバいんじゃ」

不安な表情を浮かべる向日葵を前にしても、この隠れる場所もない状況にどうしていいか判断がつかない。

ドオオオオオオン！

次の瞬間、ショッピングモールの床が抜けたかと思うほどの縦揺れと衝撃が襲ってきて、俺以外の三人がその場に転んでしまったので、必死に足を動かして、三人を抱き抱えるようにその場に伏せる。

お店の照明も激しく揺れ、陳列棚に並んだ商品が落ち、あちこちでガラスの割れる音が聞こえてきた。

そしていたるところで悲鳴が上がっている。

しばらく揺れに耐えていると徐々に収まってきて、どうにか立つことができる程度にはなってきた。

「地震だよな。津波とか大丈夫かな。完全に震災クラスの揺れだと思うけど」

「御門くん、庇ってくれてありがとう」

「御門と一緒でよかった」

「いや、俺はなにもできてないけど、とりあえず表がどうなってるか気になるから外が見える場所に行きたいな」

「そうだね」

これだけの揺れだ。父さんと母さんも無事か心配だけど、当然電話は繋がらない。

早く出たいけどモールのお客さんたちも同じことを考えたのか、出口に向け人が殺到しており、今向かうのは危ない。

俺一人ならどうにかなると思うけど四人で向かうのは危険だ。

とりあえず、人混みを避けて外が見える場所を探すことにする。

「お兄ちゃん、あそこならガラス越しに見えるんじゃない」

俺たちは急いで移動し、外を見てみる。

「なっ……なんで。どういうことだ」

「お兄ちゃん、あれってモンスター？」

「うそ……」

「なんであんなに……」

ここから見る限り、周辺の建物も一部損傷しているようだけど、そこまで大きく被害を受けた様子はない。

それはよかったけど明らかにおかしい。

かなり距離があるはずなのにそれでもわかってしまう。

路上にモンスターがいる。

しかも一匹二匹じゃない。

そこには数十匹、もしかしたら百匹単位のモンスターが群れていた。

予想をはるかに超えたその光景に頭の理解が追いつかない。

「御門くん、あれって」

「間違いなくゴブリンの群れだ」

「お兄ちゃん！」

モールから流れ出た人に気づいたゴブリンの群れが一斉に殺到する。

数は圧倒的に人のほうが多いが、モンスターの群れを前に外に出た人たちは大混乱に陥り、四方へ散り散りとなり逃げ惑う。

ゴブリンが逃げる人たちに襲い掛かる。

「御門……」

「くそっ、どうなってるんだ」

なにがどうなっているのかわからない。

今まで一度もこんなことはなかった。

「お兄ちゃん、もしかしてこれってサードブレイクなんじゃ」

「サードブレイク⁉」

信じられないことだが向日葵の言う通りだ。

こんなの普通じゃあり得ない。

セカンドブレイクのときにも微かな地震を感じた。

今回の地震もサードブレイクによるものだとすればこの状況も理解できる。

だけどセカンドブレイクからわずかな期間しか経っていないのに、サードブレイッ⁉

しかも、今回は大きく揺れたうえにあの数のモンスターが溢れ出してきている。

明らかに今までの二回とは異なる。

情報のない今考えられるのはふたつ。

ひとつはサードブレイクが今までとは比較にならない規模で起こった可能性。もうひとつは、ここが震源地に近い可能性。

いずれにしても、まずい。

ここは数千の人が集まるショッピングモールだ。

当然俺以外のセイバーもいたようで、外では何人かの人がスキルらしきものを使い応戦しているのが見えるが、数が違いすぎる。

手段を持たない人たちはすぐにゴブリンに追いつかれ狩られていく。

「向日葵、見るな！」

俺だって人が狩られるのを見るのは初めてだが、これは向日葵に見せていい光景じゃない。

このまま外に出るのがまずいのはわかるけど、どうしていいかわからない。

こんなときＩＮＴ３の自分が恨めしい。

「御門、これって中にいたほうがいいんじゃない」

「中に？」

「ここはショッピングモールなんだから、なんでも揃ってるし、入り口さえ塞いじゃえばどうにかなるんじゃない」

「入り口を塞ぐってどうすれば」

「警備の人か誰かに聞けば自動ドアは止められるんじゃない？」

「だけど、ここに籠もってどうすれば」

「これだけモンスターが現れたらさすがに自衛隊とかが来てくれるんじゃないかな」

「舞歌の言う通りよ。それまで耐えればどうにかなると思う」

「できるかどうかわからないけど、やってみるか」

他に案も思いつかないので急いで警備の人を探すが、全く見当たらない。

代わりにモールの従業員を見つけて、話をする。

「いや、私にそんな権限は」

「じゃあ、誰か権限のある人に！　ゴブリンが攻めて来てもいいんですか！」

「それは……」

「時間がありません！　俺はセイバーです！　籠ればなんとかなります！」

「あなたセイバーなんですか？」

「はい」

正直俺一人でどうにかなる問題ではないので、セイバー登録証を見せ無理矢理動いてもらう。

駆け足で事務所に連れて行かれ、GMという役職の人に急いで話を通す。

「わかりました。館内放送して、全館閉めましょう」

GMの人は行動が早かった。

館内放送で、屋外にモンスターの群れがいることと今から自動ドアの電源を落とし閉め切る旨を伝え、すぐに実行に移してくれた。

そして再び館内放送で館内に残っている人たちが一箇所に集められたが、ショップの店員さんたちもいるため思ったよりも残っていた人は多く、二千近くの人がいた。

不測の事態にざわつく人たちを前に、ＧＭの人が声をあげた。

「私はこのモールのマネージャーをしております、新田《にった》と言います。今このモールの周辺でモンスターの群れが発生しています。詳しいことは分かりませんが、ニュースによると、おそらくはサードブレイクが起こったものと思われます。つきましては安全の観点から当モールの出入り口を閉鎖。裏の搬入口はシャッターを閉め切りました。ネットも電話もつながりにくい状況で不安だと思いますが、救援が来るまでこのモール内で過ごしてください。幸いにもここには売るほど食料もありますので快適に過ごしていただけると思います」

「外は、外はどうなってますか？」

「一階は外からも見えてしまうので、三階のガラス越しに確認してもらえばわかりますが、酷いものです。もちろん逃げ切れた人もいるとは思いますが」

「そんな……」

「救援はいつ来るんだ！」

「すみませんが、わかりません。恐らくここだけではないと思われるので」

「ここは本当に大丈夫なのか？」

「商業施設ですのでガラスもある程度耐久性はあると思いますが、相手はモンスターです。大丈夫とは言い切れません。もしどうしても外へ出たいということでしたら裏の通用口を案内させていただきます」

「……わかった」

新田さんが迅速に対応してくれてはいるが、この人数だ。

まとめるのは簡単ではなさそうだ。

それより、どうにかこのモールを守り切らないと。

今日は日曜日なので家族連れも多く小さな子供も多い。

子供が襲われたらひとたまりもない。

本当はこんな役目俺には重すぎるけど、今はやるしかない。

「すいませ～ん。俺はセイバーの能瀬です。この中に他にセイバーもしくはスキルホルダーの方はいませんか？」

俺は新田さんの隣に立ち周囲を見回すと、しばらく間があって何人かの人の手がパラパラと挙がる。

最終的に手を挙げたのは十名。

俺を含めると十一名か。十分とは言えないがこの人数で護り切るしかない。

向日葵が、顔を近づけて小声で話しかけてくる。

「お兄ちゃん、わたしは？」

「向日葵は最後の砦だ。いざとなったらみんなを連れて逃げろ。逃げ道は俺がなんとかするから」

「わかった」

いつもは勝ち気な向日葵だがさっきの光景を見たら、そうはいかないのは当たり前だ。

いくらスキルがあって強くてもまだ中学生。矢面に立たせるわけにはいかない。

早速スキルホルダーの十人に集まってもらい今後のことを話し合う。

十人のうち六人がセイバーで、戦闘経験ありだった。

俺に過剰な正義感はない。

俺にとっての最優先事項は向日葵、神楽坂さん、東城さんの三人と俺の命。

どうにか四人が生き残れればそれでいい。

自分でも器が小さいなと思うけど、今はそれでも俺の手には余っていつこぼれ落ちても不思議ではない。

いくつか決まったのは、外から人がいるのが悟られないように一、二階の壁側には近づかないこと。

そして、スキルホルダーは決められた場所で待機すること。

スキルホルダー以外で戦えそうな人を募り、武器を携帯していない人には日用品コーナー等で包丁やノコギリを入手してもらい、それ以外の人にも念のため工具や武器になりそうなものを手にしてもらう。

俺もスマホに死蔵してあった武器を自分の分を除き全部出して、スキルホルダーの人を中心に配った。

俺はバスタードソードを手にして念のために一本はスマホの中から出さずに残してある。

ボウガンは東城さんに渡しておいた。

最悪、向日葵のスキルと東城さんに渡したボウガンがあれば三人はどうにかなるという俺の判断だけど、俺のスキルで出した武器なので、誰からも文句を言われることはなかった。

三階の窓側から交代で状況を確認しながら、中の人たちは中央のホールに腰を下ろして助けを待つ。

新田さんの指示で全員に飲み物が配られモール内は今のところ落ち着いてはいるが、外の状況は凄惨を極めた。

外にいたスキルホルダーや武器を携帯していた人たちの力で、少なくないゴブリンを倒したのだとは思うが、それ以上の数を擁したゴブリンは数の暴力で抗う人全員を飲み込んだ。

ゴブリンは基本素手か棍棒程度しか手にしていないが、あの怪力で殴られればタダで済むはずもなく次々に倒されていき、車までたどり着いた人たちが強引に逃げようとした結果、追突事故を頻発させ、車から出られなくなった人たちも格好の餌食となってしまった。

逃げ切れた人もそれなりにいたように見えるので、どうにか外にここの状況を伝えてくれるのを願うだけだ。

緊張で時間の経過が遅く感じてしまう。

もう数時間が経ったような感覚だが時間を確認するとまだ一時間が経過しただけ。

「ふ〜っ」

神経がすり減っていく。

幸いにも今のところモールへのモンスターの侵入はないけど、助けが来る様子もない。

そして相変わらず電話とネットはまともに繋がらないので、情報源は電気店のテレビのみだが、全国で同様の状況が発生しているらしく、今も定点カメラが捉えた街をうろつくゴブリンの姿が映し出されている。

よく時間だけが過ぎていくなんて言ったりするが、今は時間すらも簡単に過ぎていってはくれない。

「ふぇ〜ん、ふぇ〜ん、ふぇ〜ん」

「おぎゃ～、おぎゃ～、おぎゃ～」

「おい！　黙らせろ！　外に聞こえたらどうするんだ！」

「すみません、すみません」

一人が泣くと釣られたように他の赤ちゃんや子供も泣き出してしまい、周囲の大人が注意をするが収拾がつかない。

みんな緊張感からピリピリしているのを感じる。

「おいっ！」

そのとき三階の壁側で見張りをしていた男性が声を上げ、緊張が走る。

急いで壁側に移動して確認すると、ガラス越しの向こう側に数体のゴブリンがうろついているのが見える。

一階の外からはこちらの状況は見えないはずだが、ゴブリンたちは中を窺っているのかなかなか去ろうとしない。

ドン、ドン、ドン！

「グギャ、ギャ」

ゴブリンが声を上げながらガラスを叩く音が聞こえてくる。

ドン！

ガラスが叩かれる音がするたびに俺の心臓も同じく激しく鼓動する。

何度か叩いた後、割れないことがわかったのか、ゴブリンはその場から離れ去っていく。

助かった……。

そう思ったのも束の間だった。

さっきのと同じやつかはわからないが、十匹近くのゴブリンを引き連れ戻ってきてしまった。

今度は、複数のゴブリンがガラスを叩き始めたが、一体のゴブリンが体当たりした瞬間、ガラスに大きな亀裂が入ったのが見えた。

「お、おい！　持たないぞ。くそっ、やるしかない。戦える奴は一階だ！　一階で迎え撃つぞ！」

セイバーのうちの一人が声を上げ、それをきっかけに各フロアに配置されていたスキルホルダーたちが一斉に一階へと向かう。

俺も覚悟を決めゴブリンのもとへと走り出す。

たとえガラスを破られたとしても入り口はその一箇所だけだ。一気に押し寄せて来ることはない。

それに今いるのは十匹程度だ。こっちの方が数は多い。

大丈夫だ。いける。

そう自分に言い聞かせて走るが、バスタードソードを握る手に力が入る。

「ギャッ、ギャッ、ギャッ」

外から俺たちの姿を確認したゴブリンはさらに激しく体当たりをかまし、ついには亀裂が広がりガラスは完全に砕けてしまった。

「ちくしょ～！　やってやるよ。【ニードルショット】」

最初に侵入してきたゴブリンに対して、セイバーの一人がスキルを放つ。

鋼鉄の針がゴブリンの頭を貫き、絶命したゴブリンはその場へと倒れる。

それを合図にゴブリンが次々と入り込んでこようとするが、スキルホルダーたちがスキルを発動し、直接的な交戦を迎えることなく全てのゴブリンの排除に成功した。

「おおおお～！　やった。ゴブリンなんか目じゃないな。たいしたことないんじゃないのか」

早々に戦闘が終わったのを見て、三階で隠れていた人が声を上げるが、俺の感想は真逆だ。

多分、さっき声を上げた人たちはスキルのことをよくわかってない。

スキルには回数制限がある。

よほどレベルが高くない限り、その回数はそう多くはない。

銃の弾と同じで弾が切れてしまえば銃は使えない。

スキルホルダーのみんなはそれがわかっているので、ゴブリンを退けても表情は明るくない。

「使い切った人はいますか？」

俺は集まっているスキルホルダーたちに声をかける。

「俺はもうだめだ」

「わたしもです」

「俺はあと一回だ」

やはり状況は厳しい。

「お二人は剣でサポートをお願いします」

「わかった」

「それとこのままにはできません。少しでも入りこめないよう棚とかでバリケードを作りましょう」

「ああ、そうだな」

「ちょっと待ってくれ」

「どうかしましたか」

「あれを見ろ、どうやらバリケードを作っている時間はなさそうだぞ」

そう言われて外に目を向けると、仲間の声や血の匂いに反応するのか、更なるゴブリンが集まってきているのが見えた。

「マジかよ。全部来てるんじゃないか。何匹いるんだ」

「五十はいますね」

「ゴブリンに食われる最期は嫌だな」

「不吉なことは言わないでください！」

「いや、この状況でハッピーなことを思いつくやつはイカれてるだろ」

「俺、今日初デートなんだけど。初デートで死にたくない」

もうみんな覚悟は決まっている。あの数を相手にしたら完全にスキルは尽きる。女性が三人含まれているので体力的にも俺を含む男性八名が前に出るしかない。

「そろそろおしゃべりの時間は終わりみたいだな。来たぞ！」

「来たら死ぬってわかんないのかね。モンスターにそんな頭ないか。【アイスエッジ】」

ついに戦闘が始まり、入り込んできたゴブリンから順番に仕留めていく。

最初の十五匹程を仕留めたタイミングでほぼ全員のスキルが尽きたようで、近接戦が始まった。

このタイミングでスキルホルダーではない人たちにも参戦してもらう。

基本はスキルホルダーの人との二人組であたってもらい、俺も、もう一人の人と一緒にゴブリンと戦う。

入ってきたゴブリンを待ち構え、バスタードソードで斬りつける。

本来はじっくり時間を使ってゴブリンの動きを見極めたいところだが、後ろから押されるように次から次へとやってくる。時間をかければ不利になるので、速攻をかける。

ゴブリンが棍棒で殴りかかってきたのを避けるが、連続で攻撃してきたのでバスタードソードで受け止めて攻撃を押しとどめる。

全身の力を目一杯込めてバスタードソードを支えるがすごい力だ。

「やってください！」

「まかせろ！」

俺と力比べになり、完全に無防備となったゴブリンの背中に、ペアの人が剣を突き立てる。

その瞬間ゴブリンからの圧が緩んだので、押し返しそのまま首を刎ねた。

「次です！」

ゴブリンが消失したと同時に次のゴブリンが現れ、すぐに戦闘が始まる。

さっきの戦闘で身体的ダメージはないものの、既に肩で息をしている状況だ。連戦はキツイけどやるしかない。

無傷で倒せたのはよかった。だけど力比べは消耗が激しすぎるので俺は完全に戦略を変え、ゴブリンの攻撃はとにかく避けることにした。

レベル4となったステータスのおかげで、集中すればスピードは俺のほうが上だ。

最初から連撃が来るとわかっていれば、対応は可能。

極限まで意識を集中してゴブリンの動きを見極め、バスタードソードを振るう。

骨にあたり刃が止まってしまうが無理をせず剣を引き抜き一旦下がり、再び斬りかかる。

傷を負ったゴブリンの動きは鈍く、攻撃を躱《かわ》し頭部を剣で叩き割る。

「ふ～っ、ふ～っ」

息を無理やり整え三匹目に向かうが、そのときスキルホルダーの一人が倒れた。

「俺は大丈夫です、行ってください」

今は、とどめているが、攻撃の手が減れば、更なる侵入を許し状況が悪化してしまうこともあり得る。

俺のペアの人に向こうのフォローに行ってもらい、俺は一人で戦う。

これで四匹目。

だけどまだまだ減った気はしない。

どうやら、更にここに集まってきてしまっているようだ。

「ガアッ」

また一人ゴブリンにやられてしまった。

恐らく俺のレベル4という数字は決して低くないと思う。

大前や岸田がようやくレベル2になったことを考えると、ここにいる人たちもそれに近いレベルの可能性がある。

初期ステータスにもよるが、感覚的にはレベル2でどうにかゴブリンとやりあえるレベル。

ペアを組んでもらっているのでその分補正はあると思うけど、連戦はかなりキツイ。

そんな中、既にスキルホルダー三人とそれ以外の人四人が倒れてしまった。

俺も手には予備でストックしていた剣も出し、二刀で立ち回っている。

これ以上、戦う人が減るとヤバい。

既に二対一の数的優位は瓦解してしまっている。

「【グラビティ】」

後方から向日葵の声が聞こえてきて、俺の相手のゴブリンの動きが止まったのがわかる。

「おおおおあああ〜！」

俺は必死に身体を動かして目の前のゴブリンに剣を叩き込む。

「向日葵、なんで」

「お兄ちゃん、わたしも戦う。剣は無理だけど、スキルで戦うから。だってお兄ちゃんより強いんだし」

妹にこう言わせてしまう自分が情けないけど、今は向日葵のフォローが助かる。

「お兄ちゃん、次だよ」

「わかってる」

向日葵が【グラビティ】で動きを止めたゴブリンを順番に撃破していく。

それを何度か続けたあと、向日葵は鉄球での直接攻撃にシフトし、余裕のできた俺は他の人のフォローへと回り、どうにかゴブリンの群れの侵入を防ぐことができている。

ただ、幾人かの動きは目に見えて鈍くなっているので限界が近い。

逆に動きが良くなっているように思える人もいるので、もしかしたらこのタイミングでレベルアップしたのかもしれない。

いずれにしても、みんなの頑張りでゴブリンの数は目に見えて減ってきた。

あと十匹くらいだろう。

一匹が俺に向かって来るが、俺の手前で動きを止める。

これは向日葵の【グラビティ】の効果か。

さっきまでの戦いで、使い切っていたはずなので、向日葵もレベルアップしたのだろう。

この場面でのレベルアップはありがたい。

動きを止めたゴブリンを難なく倒し、次のゴブリンを待ち受けるが、向日葵のサポートが大きくどうにか全てのゴブリンを倒すことに成功した。

そして最後のゴブリンを倒したタイミングで、俺の体力が少し回復したのを感じる。

どうやらここで俺自身もレベルアップしたみたいだけど、それよりも今はゴブリンに倒された七人だ。

七人の遺体は共に大きく損傷しており、初めて間近に遺体を見る俺自身もどうしていいのかわからない。

「みなさん、このままでは血の匂いにゴブリンが寄って来る可能性もあります。とりあえず、シートで包んで端まで運びましょう」

新田さんの指示で、待機組の中にいた医療関係者の人たちが無言で作業を進めていく。

「動ける人で急いでここを塞ぎましょう」

またいつゴブリンが襲って来るかもわからないので、急いで応急処置を施す。

これも新田さんの指示で、ホールから会議用の机を運び、割れたガラスの部分に立てかけ、内側に大量の椅子を重ねて重しにして、可能な限り養生テープで貼り付けた。あくまでも応急処置なので強度に不安はあるけど、今はこれで耐え切るしかない。

目の前で人が死んだ事への動揺は収まっていないが、どうにか穴を塞ぎ自分のステータスを確認してみる。

能瀬　御門
ＬＶ４　↓　５
ＨＰ18／25　↓　23／30
ＡＴＫ20　↓　25
ＶＩＴ19　↓　23
ＩＮＴ３
ＡＧＩ25　↓　31
スキル【ガチャ４　↓　４Ｒ１】

「なんだこれ」

思った通りレベル５へとレベルアップしているが、俺のステータスがおかしなことになっていた。

疲労からＨＰが減少しているのはわかる。

ＩＮＴが３で固定されているのも今更感がある。

そしてＡＧＩが30オーバーとなり、俺のステータスは完全にＡＧＩ偏重のスピード型であるのはもう間違いない。

おかしいのはスキルである【ガチャ】だ。

てっきり【ガチャ5】になっているものだとばかり思っていたが実際に表示されているのは【ガチャ4R1】。

突然、暗号のような表示に変わっていた。

【ガチャ4】までは今までと変化なしだ。問題はその後ろのR1。

突然のアルファベット表記。

まさかTYPE－Rとかに進化したってこと⁉

なんか凄そうだけど期待できるのか？

先程の戦闘で五十を超えるゴブリンを倒したけど、当初確認できた個体はもっと多かった。

つまり外にはまだ相当数のゴブリンがうろついているということなので、またいつ襲ってきても不思議はない。

少しでも戦力アップできるなら今のうちにしておきたい。

俺はスマホをタップして小さくつぶやく。

「【ガチャアール】」

なぜかなんの変化もない。

言い方がおかしいのか？

「【ガチャタイプアール】」

やはり変化がない。

どうなってるんだ？

戦いを終えた俺を労いに神楽坂さんと東城さんが来てくれた。

「御門くん、怪我とかない？　大丈夫？」

「あ、ああ、大丈夫」

「御門すごかったね。それに向日葵ちゃんがあんな凄いとは知らなかったけど、無双してなかった？」

「それほどでもないですよ」

「実際、向日葵は俺よりも強いからなぁ」

「兄妹でスキルホルダーって凄いね。私もスキルが使えたら力になれたのに。まさかあんなに人が死んじゃうなんて」

「二人とも、何かあったら絶対逃げるんだ。相手はモンスターなんだ。容赦ないから」

「わかった」

わかってはいたけど今回の戦闘でモンスターの恐ろしさを再認識した。

やはりモンスターは人の敵でしかない。

奴らは人を殺すために存在している。

「三人に相談というか聞きたいことがあるんだけど」

「なに？　お兄ちゃん」

「実はさっきの戦いでレベルアップしたんだけど」

「あ、わたしも」

「それで、俺のスキル【ガチャ】もレベルアップしたんだけど表示がおかしくて【ガチャ4R1】になったんだ。今まで【ガチャ4】で4回使用できてたんだ」

「御門それのどこがおかしいの？」

「さっきスキルを発動しようとして【ガチャアール】、【ガチャタイプアール】って唱えてみたんだけど変化がなくて」

「お兄ちゃんタイプアールって」

「御門ってソシャゲってしたことないの？」

「あんまりないけど」

「御門くん、多分【ガチャレア】か【レアガチャ】なんじゃないかな」

「レア……」

言われてみればRはレアな気がする。

タイプアールじゃなかった。

俺は早速、神楽坂さんに教わった通りに呟いてスマホをタップする。

「【ガチャレア】」

変化はない。

「【レアガチャ】」

お！　文字情報に変化があった。どうやら正解は【レアガチャ】だったらしい。

あまり親切とは言えない表示だけど、みんながいてくれて助かった。

景品の表示は『風切り丸』。

確信はないがおそらくは剣か刀な気がする。

いずれにしても、今までと違い、名前付きの武器？

レアというだけあって通常の武器よりも強力なら助かるけど、とりあえず今は二本の剣があるので出すのはやめておこう。

そしてもうひとつモール内では劇的というか、とんでもないことが起こっていた。

それは、今回の戦闘に加わったスキルホルダーではない人のうち、三人にステータスとスキルが
発現したのだ。

理由はわからない。

そんな事例は聞いたことがない。考えられるのは、通常モンスターを倒せばレベルが上がる。

レベル1のスキルホルダーがモンスターを倒せばレベル2になるが、スキルホルダーではない人、
つまりレベル0の人がモンスターを倒してレベルアップした場合レベル1となりスキルが発現する。

その可能性があるのかもしれない。

ただし、戦いに参加した全員にスキルが発現したわけではないので、なにかしら条件や適性があ
るのかもしれない。

新田さんとスキルホルダーの人たちで話し合い、この情報を全員に伝えて、戦闘参加の希望者を
募ったが希望してきたのは男性が四名のみ。

そして東城さんと神楽坂さんの二人が希望してきた。

俺は反対したけど、どうしてもと押し切られてしまった。だけど東城さんと神楽坂さんは離れた
ところからボウガンを使っての攻撃のみという条件付きでだ。

千人を超える人からすれば、希望者が少ないと感じてしまうけど、スキルを得られる可能性を鑑みても人が殺されたというインパクトとショックはそれを遥かに超えるものがあった。

「もし戦闘になっても絶対前に出ちゃダメだ。もし戦うとしても俺が動けなくしてからね」

「それはありがたいけどさすがに過保護じゃない？」

「過保護にもなるって。なにかあってからじゃ取り返しつかないんだから」

二人は俺と向日葵に気を遣って手をあげてくれたんだと思う。

このあと、なにもなく救助されるのが一番だけど、正直それは難しい気がする。俺が二人を守らないといけない。

もしかしたら個人差はあるかもしれないが、スキルもレベルアップして回数が増えれば増えた分だけは、すぐに使える。

そして、一日経過すれば、スキルの回数はほぼ回復する。

向日葵が途中から参戦してスキルを使い果たしてしまったように、他の人たちもさっきの戦いで一様にスキルを使い果たしており、俺のように戦闘終了時にレベルアップした人と新たにスキルを発現させた人だけが、今の時点でスキルを使用できる状況だ。

つまりは、これから二十四時間以内に敵の襲撃があった場合、ステータス値だけを頼りにほぼ近接戦のみで応じなければならない。

外にはまだ相当数のゴブリンがいるはず。正直厳しい。厳しすぎる。

ゴブリンの襲撃からもう少しで三時間が経過しようとしている。

この三時間の間に戦いで目減りしていた体力はかなり回復して、身体の重さは取れた。

「おおい！　来てる！　来てるぞ！」

その声は突然だった。

もちろんそれはゴブリンがこちらに近づいている事を知らせる声だ。

「どのくらいだ！」

「ここから見えるのは……二十」

二十匹くらいならなんとかなるか。館内に再び緊張が走る。

ガラス越しに近づいて来るゴブリンが見えるが、モールの側面に来ると二手に分かれ、一方が補強した部分、もう一方は違う扉の方へと向かって行くのがわかった。

ガン、ガン！

机を立てかけ補強しただけなので、強度は望むべくもなくゴブリンが叩く度に揺れて、隙間が広がっている。

もう一方はまだ、扉まで距離があるので、先にこちら側が突破されるのは間違いない。だけど二箇所から同時に攻められたら対応できる戦力がない。

スキルホルダーとは言っても、ほとんどの人は集団戦の経験なんかないはずなので、どうするのが良いのか適切な判断を共有するのは難しい。

ゴブリンの攻撃で机が壊れ、ゴブリンが踏み込もうと積んである椅子を蹴り飛ばす。

俺はフロアへと雪崩れ込んできたゴブリンの一匹に狙いを定めて対峙する。

「ググギャ」

視線が交錯した瞬間ゴブリンが飛びかかってきたので、後方へと避けそのままバスタードソードを振るいゴブリンの首を刎ねる。

レベルアップしたことにより、さっきの戦闘よりもゴブリンの動きに少し余裕を持って対応できている。

すぐに次のゴブリンが現れたので、剣で手傷を負わせ動きを止める。

「東城さん！　今だ！」

「わかってる」

東城さんが放ったボウガンの一射目は外れ、続けて撃った二射目がゴブリンの胸部を捉え、そのまま消滅した。

手を休める暇なく俺は三体目の相手をし、先ほどと同じように東城さんがとどめをさす。

「御門、スマホにステータスが！」

後方で東城さんの声が聞こえる。

どうやら二体目のゴブリンにとどめをさしたことでステータスが発現したらしい。

「東城さんもし使えるならスキルを！　とどめは神楽坂さんに！」

手短に指示を与えて、すぐさまゴブリンと交戦に入る。

周囲はどうにかゴブリンをとどめてはいるが、スキルを使い果たし前衛に立っている人たちはかなり押されている。

「やばいぞ！　奥の扉も破られた！　奥からも来るぞ！」

ゴブリンが分かれた時点で想定はできたことだが、思っていたよりも早い。

それに両方を相手にするには数が多すぎる。

俺の目の前にも既に二匹のゴブリンが迫ってきているので、両手の剣を構え近いほうのゴブリンを斬りつけるが、手に持つ棍棒で防がれてしまった。

「くっ」

今のステータスなら押し負けることはないけど、どうしても一瞬動きが止まってしまう。

「御門くん！」

動きを止めた俺を狙って踏み込んできたもう一匹のゴブリンをボウガンの矢が縫い止める。

「ガアアッ！」

「神楽坂さん、助かった！」

力比べを避け、手負いとなったゴブリンにターゲットを変え連続で斬りつける。

「くっそ～また増えてる。キリがない！　こっちはもういっぱいいっぱいなんだよ！」

戦っているメンバーから声が上がるが、正面から迫るゴブリンの後方からは新たなゴブリンの一団が押し寄せてこようとしている。

とどめをさした剣を、横に振るい、棍棒を持ったゴブリンにダメージを与える。

「御門くん、避けて！」

神楽坂さんの声で、左に大きく避ける。

間髪をいれずにボウガンの矢が飛んできてゴブリンに突き刺さった。

神楽坂さんのフォローのおかげでどうにか複数のゴブリンを一度に相手取ることができてはいる

が、戦闘が未熟な俺ではステータスが上がってもかなりギリギリの戦いとなってしまっている。

ひと息つく間もなく次のゴブリンへとあたるが、既に奥から入ってきたゴブリンがこちらの側面へと迫っている。俺も必死で身体と腕を動かすが、一匹、一太刀毎に消耗していくのがわかる。

「来たぞ～！」

側面から一気に十匹程度のゴブリンが襲いかかってくる。

「【アイスフィスト】」

後方からは東城さんの声が聞こえてくる。

必死に剣を振るうが、疲労と焦りから手元がぶれ、俺の剣はゴブリンの首ではなく頭部に命中し途中で止まり、それ以上動かせなくなってしまった。

右手に持つ剣を手放し、最後の一本を喚び出す。

『風切《かざき》り丸《まる》』。

初めてで唯一の【レアガチャ】の景品が手元に現れる。

それはいわゆる日本刀で、持っただけでは何がレア足り得るのかわからなかったが、ゴブリンに向け振るった瞬間に理解できた。

ヒュッ。

風切り音を立て走った刃がゴブリンを切断する。

その刃は格段に軽く、そして鋭い。

今まで斬る度に重い抵抗が手元に伝わってきていたのが、まるで包丁で刺身を切るかの如くあっさりとゴブリンの肉と骨を断ち切った。

その斬れ味に驚きつつ、俺は動きを加速させゴブリンに斬ってかかる。

まるで自分の技量が上がったかのような錯覚を覚えるが、とにかく手に持つ武器を振るう。

風切り丸の恩恵もあり、どうにか崩れずに持ち堪えているが、それも長くは続かなかった。

押し返したはずの側面から更なるゴブリンが押し寄せ、何人かの人がその波に飲み込まれ、そのまま押し切られるように俺たちも限界を迎えた。

もうダメか……。

腕が重い。

あれほど軽く感じたはずの風切り丸が重い。

ゴブリンの圧力に抗うことができない。

「うおおおおおお〜！」

後方から新田さんやモールのスタッフらしき人たちが武器を手に突撃を敢行してくれ、それと交代するように俺たちは後ろへと下がった。

「ここをやられたら後はない！　みんな！　私たちのモールを守るぞ！」

新田さんが指揮してゴブリンを上回る数の人たちが波を押し返していくが、ステータスを持たないスタッフの人たちが一人また一人と倒されていく。

くそっ！　このままじゃ！

「御門くん、効くかどうかわからないけど試してみるね」

「なにを……」

「【ヒーリング】」

神楽坂さんがスキル名を唱えてスマホをタップすると俺の身体が薄い光に包まれ、身体の痛みが引いていく。

「これって」

「さっき使えるようになったみたい。攻撃スキルじゃないからあまり役に立てないかもだけど」

「いや、助かった。これでまだ動ける」

まさに天の恵みだ。

体力も、身体の痛みも完全に癒えたわけではないけど、疲労で動かなくなっていた腕が再び動かせるようになっている。

精神的な摩耗も少し和らいだのか、わずかばかり気力も回復している気がする。

俺は動くようになった身体で新田さんたちが戦ってくれているところへと舞い戻り、目の前のゴブリンを斬り伏せていく。

「あああああ！」

力と気力を振り絞り、腕と身体を動かし続ける。

数匹のゴブリンを相手取ると神楽坂さんのおかげで回復したはずの身体がすぐに悲鳴を上げ始める。

俺以外のスキルホルダーも既に限界を迎えており、ゴブリンの殲滅には至らない。

いったい何匹いるんだ。

もう自分が倒した数も正確にはわからなくなってしまった。絶え間なく襲ってくるゴブリンが無限に湧いてくるような錯覚を覚える。

もう無理だと何度も心が折れそうになるが、向日葵や東城さんたちを守らなきゃという義務感だけで、どうにか持ち堪えゴブリンへと立ち向かう。

「こんなところで死んでたまるか‼　俺には家族が待ってるんだ～‼」

「くっそ～！　独り身だって死んでたまるか‼」

「ママ～こんなところで死ねるかよ～！」

「うおおおお～‼」

「おせえええええええ！！！」

誰からともなく声が上がり、戦っているメンバーが残った気力を絞り出すように呼応する。

「彼女作るまでは死ねるか‼　俺の最期はゴブリンじゃなくて優しい彼女の胸の中って決めてるんだ‼」

「サラリーマンをなめるな～‼　残業のほうがもっときついんだよ‼　クソ～」

「俺は明日から休みなんだよ！　休み取らずに死ねるか～！」

場違いにも思える声がフロアに響くが、その声でさえ頼もしく思え、足を動かし、腕を振るう。

みんなの必死の頑張りもありわずかに押し返したようにも思えたが、突然それはやってきた。

「あれ……」

無理矢理動かしていた自分の身体が擦り切れ突然動かなくなり、本当の限界を迎える。

「もうダメか……」

俺は自らの限界を悟った。

残った力を振り絞り声を張り上げる。

「向日葵～!!　三人で逃げろ!!　頼む！　逃げてくれ！　これ以上はもうもたない!!」

今ので完全に出し尽くした。腕も足も動かない。もう大きな声を出すことも叶わない。

だけど限界を迎えた俺の状況などお構いなしにゴブリンが迫ってきた。

ああ、終わった……。

死の瞬間には走馬灯が走るとかいうけど、嘘だな。

何にも思い浮かばない。

ただ迫ってくるゴブリンが目に映るのみだ。

ドゥン！　ドゥン！　ドゥン！

俺が死を覚悟した、まさにその瞬間、爆発音のような鈍い音が聞こえ目の前のゴブリンがバタリと倒れ消滅する。

パァーン！

ドゥン！　ドゥン！　ドゥン！

再び、耳慣れない破裂音が聞こえ次々とゴブリンが倒れていく。

「ゴブリンが……」

なんだ？　なにが起こっているんだ。

目の前の光景に何が起こっているのか理解が追いつかない。

「おおおっ助けだ～！　助けが来たぞ～！」

この音は、誰かの攻撃なのか？

周囲にいたゴブリンが全て倒れると、しばらくして何人かの男性がモールへと入ってきた。

「遅くなりました」

その人たちは何度かテレビで見たことがある、緑色の迷彩服のようなものを身に纏っていた。

自衛隊。

国防を担い、セイバーが確立されるまで対モンスターの主力となっていた人たち。

今でも、ダンジョン攻略や大規模なモンスター災害には活躍を見せている、その人たちが目の前に立っていた。

もしかして救助に来てくれたのか？

誰か先に逃げおおせた人が助けを呼んでくれたのか。

「うぉおおおお～！　自衛隊だ～!!　助かった～！」

「あああああああああ～！」

「もうダメかと思った」

助かった？

突然の出来事にその事実をすぐには理解することができなかったが、脳が理解した途端、俺はその場に膝から崩れ落ちた。

助かった……。

もうダメだ。全身の力が抜けて一歩も動けない。

「お兄ちゃん」

向日葵たちが俺の下へと走って来てくれる。

ああ、よかった。

向日葵も無事だ。それに二人にも怪我はなさそうだ。

なんとか三人を守り切ることができた。

「どうにか助かったみたい」

「ああ、そうみたいだ」

「御門のおかげよ」

「いや、そうじゃない。そうじゃないんだ」

「御門くんがいなかったらわたしも英美里も助からなかった」

「そうよ。それにモールにいた他の人たちだって」

この日起こったサードブレイクで日本では百万人を超える人たちが亡くなった。

自衛隊や全国のセイバーの活躍もあり、街に溢れ出したモンスターは一掃されたが、このサードブレイクによってダンジョンへの入り口が複数箇所確認されることとなり、今までのように一箇所だけ監視していれば良いという状況は瓦解した。

そしてこの日以降今までとは比べものにならないくらい、モンスターの出現回数が跳ね上がることとなった。

俺たちの籠もっていたモールでは四十人を超える死者が出てしまったが、その中にはモールマネージャーの新田さんも含まれていた。

今回俺たちが助かったのは運。たまたま自衛隊があのタイミングで来てくれたからだ。

そして新田さんたちが文字通り命をかけて戦ってくれたから。

セイバーになったとは言っても俺はまだまだ弱い。

新田さんたちのお陰で助かった命だけど、今のままじゃ、次同じ状況に置かれたら向日葵たちを護り切れない。

それに、街にモンスターが溢れ始めた状況に安穏と今まで通りでいることはできない。

このとき俺は、はっきりと決意した。

今よりレベルアップしてモンスターに負けないよう強くなりたい。

第四章　ダンジョン

サードブレイクが起こり、少しでもダンジョンやスキルの情報が欲しくて毎日のようにいつものセイバースレをチェックしている。
スキルホルダーも増えてきたのか書き込みもどんどん増えている。

123
サードブレイク世界滅亡へのカウントダウン

125
俺の知り合いもダメだった

127
うちの近くにダンジョンできた。もう引っ越すしかない

128
いや、引っ越すってどこに。絶海の孤島くらいしかないだろ

131
いったいダンジョンってなんなん。もう無理じゃね

134
なんかステータスなしがモンスター倒すとスキル生えるらしいぞ

135
それ、俺も聞いた。マジらしい
140
スキルなしがモンスター倒すって無理ゲー。セイバーの俺でも無理
141
いや、セイバーなら倒せよ
143
サードブレイクのときオーガ出たらしい
144
オーガ⁉　オーガって大鬼？
146
ゴブリンでもう限界。オーガ？　なにそれ強いの？
150
ヤバいらしい
151
誰が倒した。勇者？
154
人じゃ無理。戦車とか
155

戦車ってマジか

158
前、ガーゴイル倒したスクールセイバーならいけんじゃね

これ俺のことか。意味不明な書き込みだ。

戦車が必要なモンスター相手に高校生が勝てるはずないだろ。

俺たちがサードブレイクで戦ったのはゴブリンだけだ。見たことないけどあの場にオーガなんかいたら下手すれば全滅もありえたかもしれない。

159
ガーゴイルとオーガってどっちが強いの

161
オーガ

163
ガーゴイルにオーガって完全ファンタジー。やっぱドラゴンか魔王出るんじゃね。勇者様プリーズ

魔王⁉

さすがにそれはないだろ。いや、ないよな。

魔王に勇者。確かにファンタジーでゲームの世界だ。

165
フラグ立てんな！　シャレですまん。竜魔王？

166
おい！

竜魔王って昔のアニメかゲームに出てきたような気もするけど、オーガで戦車が必要なら竜魔王はどうやって倒せばいいんだ。

170
そういえば知り合いに勇者じゃないけど召喚士がいる

171
キタ召喚士！　俺の右眼が疼く

172
ちょっと待て。ステータスにジョブなんかあったか？

174
ジョブじゃなくてスキル。ワイルドハウンドを召喚できる

175

177
ワイルドハウンドって野生の犬？　犬召喚？　ここ掘れワンワン的な？
178
野犬？　近所にも野犬いるけどモンスターと戦ってくれそうにはないぞ
180
召喚スキル!!　羨ましすぎる。俺なんか身体が石になるんだぞ！　スキル発動中は動けねえ！
181
諦めるな！　いける。子泣き爺殺法だ！　ジャンプして石化スキルで圧殺！
183
いや無理。モンスターの上にジャンプってニメートル以上だぞ
184
レベルが上がれば可能性はある
186
だから一匹も倒せないからレベルも上がらないんだって
あっ！　すまん

召喚スキルなんてものもあるのか。確かに憧れる。だけど石化スキルって自分が固まるのか。

やっぱり俺のスキル【ガチャ】は当たりの部類だった気がする。

それにしてもスキルが多様すぎる。

有用なものばかりではないみたいだし、とにかくわからないことばかりだ。

子泣き爺殺法。

笑い事ではないけど、想像して少しだけ笑いが込み上げてきてしまった。

サードブレイクから程なくしてセイバーに対してダンジョンに入ることが特に推奨されるようになった。

理由は、出入り口が複数出現したせいで地上への氾濫を完全には防ぐことが難しいと判断され、根本的な解決にはダンジョン内のモンスターの数を減らすしかないと考えられたためだ。

今まで通り自衛隊は活動しているが、それだけでは手が足りなくなったというのが本当のところだろう。

ダンジョンで活動するセイバーのメリットは大きくふたつ。

定期的にモンスターを倒せる環境にあるので、ダンジョンで確実なレベルアップが見込める。

そしてもうひとつは、モンスターが落としたドロップを買い取ってもらえること。それによる収益のアップが見込める。

ドロップ品は売却しても非課税とされることも決定した。

そして俺はもちろんダンジョンへと潜ることにした。

あの日誓った『強くなりたい』を実践するために。

はじめはソロで潜る気でいたが、向日葵たちがそれを許してくれなかった。

「お兄ちゃん、一人だと死んじゃうよ？　あのときだって、一人で突っ込んで行って、わたしたちがいなきゃ帰ってこれなかったでしょ」

「そうです。御門くん。わたしの【ヒーリング】なしでは生き残れませんでした」

「御門は状況判断が甘いんじゃない？　なんか自分を犠牲にしても他の人を守るみたいなところあるし」

三人の言葉は、真実を突いていて、言い返すことはできなかった。

その結果、なぜか四人でダンジョンに潜ることになってしまった。

特に向日葵たちがダンジョンに行くことには猛然と反対させてもらったが、あっさりと却下されてしまい、その週末から早速四人でダンジョンに潜ることになってしまった。

ダンジョンには、事前に受付で登録さえすればセイバーが一緒なら誰でも入れる。

自衛隊やセイバー以外の人が入ることは、あまり想定されていないみたいだけど、国のスタンスとしては一人でも多くの人にモンスターを間引いて欲しいというのがあるからか、セイバー同伴以外は特に規制されていない。

ただし、入るからには全てが自己責任。

怪我はもちろん、命を落としたとしても一切補償されない。

そんな所に向日葵たちを連れて行きたくはないが、モンスターは待ってくれない。

また同じ状況に陥ったときに今のままではまずい。

なので不本意だけど、今日から四人でダンジョンへと潜ることにした。

元々俺たちの生活圏の近くにダンジョンはなかったけど、今回のサードブレイクでショッピングモールに近い場所に出入り口ができてしまっていた。

この出入り口からあのゴブリンたちが湧き出てきたらしい。

それはあの数以上のゴブリンがダンジョンに潜んでいることを意味しているので、慎重を要するのは間違いない。

まさかないとは思うけど、四人で潜って百を超えるゴブリンに囲まれたら一巻の終わりだ。

「それじゃあ、三人とも準備はいい？」

「お兄ちゃん、もう慎重すぎ」

「私もバッチリ」

「大丈夫です」

こうして俺たちは初めてダンジョンへと足を踏み入れた。

「ダンジョンってこんななんだ」

「もっと暗いのかと思ってました」

確かにダンジョンは地下にあるのでかなり薄暗いのかと思い、懐中電灯も人数分用意していたが、どうやらその必要はなさそうだ。

地上よりは少し暗いものの、夕暮れ前くらいの感じで目が慣れれば十分動ける。

どうにも不思議だけど、床や壁が微妙に光を発しているような気もする。

「お兄ちゃん、これからどうやって進むの？」

「一応ちゃんと調べといた。マッピングしないと迷ったりするらしいから、このノートにマッピングしていきたいんだけど、誰か頼める？」

「補助しかできないのでわたしがやります」

「じゃあ神楽坂さんお願い」

「はい」

「マッピングしながら徐々に進んでいこう。それともしかしたら罠とかもあるかもしれないから、闇雲に突っ込んだりはしないこと」

「それはお兄ちゃんじゃない？」

「そ、それは……みんな気をつけよう。それと突然後ろを取られるとまずいから、隊列を決めて前だけじゃなく後ろにも気を配っていこうか」

「御門、初めてにしては手慣れてない？」

「そうかな」

「だって今日に備えてスマホで検索ばっかりしてたもんね」

「向日葵、それは言ってほしくなかった」

「ふふっ、どうりで詳しいと思った。でも私も結構調べたから一緒よ」

向日葵に暴露されてしまったが、準備できることといったらネットで情報を漁るくらいなのでできる限り調べておいた。

今回の装備に俺は風切り丸、向日葵と東城さんに細身の剣を渡し、神楽坂さんはボウガン。

俺のスマホの中に何本か予備の剣をストックしてある。

「これ、昨日出たんだけど神楽坂さんが持っておく？」

そう言って俺は青色の透明な液体が入った小瓶を取り出す。

「御門くん、これは？」

「これは、昨日初めて【レアガチャ】で出た低級ポーション。多分、傷が治ったりするんだと思う」

「みんなの回復役をさせてもらうから、とりあえずわたしが持っておくことにするね。だけど状況によってすぐ渡すようにするから、いつでも言ってね」

「うん、判断は神楽坂さんにまかせるよ」

初めての低級ポーションに反応して、東城さんが質問してきた。

「御門、これって飲むの？　それとも振りかければいいの？」

「よくわからないけど飲んだほうが効きそうじゃないか」

「これ、かなり青いけど飲んで本当に大丈夫？」

「今まで【ガチャ】で出た物食べてあたったことはないから多分大丈夫」

「ふ～ん、賞味期限とかあるのかな」

「記載はないから、一週間とかなら大丈夫だと思うけど」

「できれば一週間以内に怪我とかしたくないし、使わないで済んだら一番ね」

「確かに」

探索の並びは相談の結果、俺を先頭に向日葵、神楽坂さん、東城さんの順で行くことにしたものの、初めての探索で緊張から少し進んだだけで隊列は崩れひとかたまりになって進むことになってしまった。

「みんな静かに。なにか音が聞こえる」

まだかなり距離があるように思えるが確かに聞こえる。

「ギ……ギ……」

明らかに人間ではないなにかの生き物が発している声だ。

俺は、みんなに目配せして隊列を整え直す。風切り丸を構え音を殺して前方へと進んでいくとゴブリンの姿が見えた。

その数は五。

本当は一、二匹程度を相手にしたかったけど、都合よく選ぶことはできないのでそのまま戦闘に入る。

ゴブリンたちはこちらを認識すると一斉に向かってくる。

俺たちもすぐに応戦するべく走り出す。

目の前にゴブリン五匹が迫ってくるが、当然俺一人で相手取ることはできない。

「【グラビティ】」

向日葵の声と共に先頭にいたゴブリンの足が止まり、後方からはボウガンの矢が飛ぶ。

俺は二匹目のゴブリンへと距離を詰め、風切り丸を振るい袈裟懸けにゴブリンを斬り伏せる。

「【アイスフィスト】」

東城さんのスキルで三匹目の頭部が弾け飛び、俺はすぐに四匹目に向かい斬り結ぶ。

「【アイアンストライク】」

五匹目を向日葵の放った鉄球が押し潰し、俺はゴブリンに斬撃を浴びせ倒し切る。

おそらく時間にして三十秒に満たない程度の交戦時間。

こちらに被害は一切出ていないので、完勝と言っていい内容だ。

「うまく倒せてよかったね。お兄ちゃん」

「初めてだから、緊張した～」

「どうにか当てれてよかった」

ダンジョンでの初めての戦闘に時間以上の緊張はあったけど、俺と向日葵のステータスもあって思っていた以上にうまく倒せた。

戦闘を無傷で終え、更に奥へと進んでいくとすぐに次のゴブリンの集団に出くわした。

初めてなのでよくわからないが、ダンジョンとはこれほどまでにモンスターの密度が濃いのだろうか。

今度は全部で九匹もの数だ。

だけどまだ探索は始まったばかりだし、ここで逃げ帰るわけにはいかない。

「九匹を同時には相手にできない。できるだけ遠くから数を減らしてから戦うしかない」

「任せてよ。お兄ちゃん」

俺以外は遠距離の攻撃手段を持っているので先制は任せて、俺はいつでも交戦できるよう武器を構えて警戒する。

向日葵と東城さんがスキルを同時に発動させゴブリンを倒し、こちらに向かってきたゴブリンに対し神楽坂さんがボウガンの矢を放つ。

俺はみんなが襲われないよう風切り丸を構え、少し前に立ってゴブリンの攻撃に備える。

向かってきたゴブリンに剣を振るいダメージを与え、そのまま次のゴブリンに斬りかかる。

「やあああっ！」

風切り丸はその剣速に比例して斬れ味鋭く、ゴブリンの肉を容易く裂き骨をも断った。

複数に囲まれないように一対一の状況を作り、一気にけりをつけていく。

何度か複数のゴブリンが同時に襲って来ようとしたところを、他の三人がうまくサポートしてくれたので、特に危険な場面もなく倒し切れた。

ゴブリンとの二度目の戦いもダメージなく終えることができたが、そこまでだった。

向日葵と東城さんがスキルをほぼ使い果たしてしまったので、これ以上の探索を継続することができなくなってしまいそのまま退散することとなった。

時間にして一時間も経過していないが、今の俺たちの限界はそこだった。

今回の探索でわかったこと。

ゴブリンに限定して言えば、向日葵のスキルは無双とも言えるくらいに強力で、向日葵と東城さんのサポートを受ければ、普通に戦っている限りはまず問題なさそうだ。

だけど、それも今回はわずか二度の戦闘で限界を迎えてしまった。

今日が初めてだったのではっきりとは断定できないけど、ダンジョンには相当数のゴブリンが湧いていて、今回は五匹と九匹の集団だったけど、次は十匹以上もしくは同時に複数の集団に出くわす可能性だってありえる。

だけど俺に関して言えば、まだ戦うことが可能だった。

向日葵たちと俺との決定的な違い。

それは、スキルを用いて戦うかどうか。

向日葵たちはスキルを消費してモンスターを攻撃している。

スキルは強力だけど、数に制限がある。

俺は【ガチャ】で当たった武器を使って、自分のステータスを頼りに戦っている。

俺が、ショッピングモールでも生き残ることができた理由が今回の探索ではっきりとわかった。

スキルの回数制限に頼らず体力の続く限りは戦うことができたから。

あの場で向日葵も東城さんも先にスキルが尽き、戦う力を失っていた。

これからもダンジョンに潜るなら今のままじゃだめだ。

「今日は、これで引き上げよう。初めてにしてはうまくいったほうだとは思うけど帰ったら今後の方針を相談したいんだけど」

ダンジョンから地上へと戻ってから俺は、これからのことをみんなと話し合った。

俺の考えをみんなに伝えたものの、正直俺自身もあまり乗り気ではない。

それは、今後長時間ダンジョンに潜るため女の子三人にモンスターへ武器での直接攻撃をやってもらうことになるからだ。

東城さんも神楽坂さんもあのショッピングモールでの戦いまでモンスターと戦ったこともなく、今回だってかなり無理をしてくれているのはわかる。

向日葵だってスキルが強力だから難なく戦えているけど、スキルがなければステータスは俺よりも低い。

だけど、三人とも俺の話を聞いて、その上で一緒にやっていくことに決まった。

少しでも早く強くなりたいという気持ちはあるけど、今はまだ難しい。

みんながレベルアップしてステータスが上がるまでは今まで通り当面スキル押していく。

ダンジョンの表層、入り口付近でゴブリンと戦ったらすぐに地上へと戻る。

俺たちは、その単調ともいえる行動を週末の度に繰り返し、そしてレベルアップに努めた。

レベルアップを繰り返すうちにゴブリンとの戦闘継続回数も徐々に伸びてきた。

学校が早く終わった日も極力ダンジョンへと潜り、東城さんと神楽坂さんもセイバーとして登録を済ませた。

■■■■■■■■■

「あ、今のでレベルアップしたみたいだ」

能瀬　御門
LV5　↓　6
HP30　↓　36
ATK25　↓　29
VIT23　↓　28
INT3
AGI31　↓　37
スキル【ガチャ4R1　↓　4R2】

レベルアップしたことによりINT以外の各ステータスは順調に伸びている。

それはスキルも同様で【レアガチャ】が2回使用できるようになった。

「お兄ちゃんレベルアップ早くない？」

「う～ん、前に出て倒す回数が多いからかな」

「え～なんかずるい」

レベルアップの法則については、はっきりしないところも多いけど多分レベルが上がるにつれ上がりにくくなる。

その証拠にまだ初期レベルの神楽坂さんと東城さんは既にレベル2へと昇華している。

ただ、俺よりもレベルが低い向日葵はまだレベルアップを果たしていないので、個人差のようなものがあるのではとも思える。

「お兄ちゃん【レアガチャ】引けるようになったんでしょ。せっかくだから引いてみてよ。使えるものかもしれないし」

「そうだな。それじゃあやってみるか。【レアガチャ】」

画面に表示されたのは『防魔の指輪（弱）』だ。

早速タップしてみると、小さな青い宝石がはまった銀色の指輪が現れた。

「お兄ちゃん、指輪!?」

「『防魔の指輪（弱）』らしい。よくわからないけど魔法攻撃とかをちょっとだけ防いでくれるのかもな。防御系のアクセサリーとか初めてだから当たりかも」

「お兄ちゃん、ちょっと」

向日葵がいつになく真剣な表情で俺に話しかけてくる。

「お兄ちゃん、これってどうするつもり？」

「どうするって、ステータスの低い神楽坂さんか東城さんがつけるのがいいと思う」

「そんなことはわかってるって。だ〜か〜ら〜どっちに渡すのかって聞いてるの」

「え？」

「お兄ちゃん、急に難聴系主人公にでもなったの？　そういうのはもう流行らないしいいから」

「いや、それは……」

向日葵の言わんとしていることがわかった。わかってしまった。

そっと神楽坂さんと東城さんのほうに目をやると彼女たちの視線は俺の手元にある『防魔の指輪（弱）』へと注がれていた。

「ひ、向日葵どうしたら」

「そんなのわたしにわかるわけないでしょ。指輪はひとつ。相手は二人。まさかお兄ちゃんがねぇ」

これはそういう指輪じゃない。あくまでも戦闘を有利に運ぶためのアイテム。二人の内どちらかと言われれば攻撃スキルを持たない神楽坂さんが身に着けたほうがいいような気はする。

いいような気はするけど東城さんのあの視線……。

「あ、あの〜二人とも聞いてくれる？　これ【レアガチャ】で当たった『防魔の指輪（弱）』なんだけど」

「「はい」」

二人の視線が痛い。

「多分、魔法とかからちょっとだけ守ってくれるんじゃないかと思うんだけど」

「「はい」」

「え〜っと二人のどっちかが使うのがいいと思うんだ」

「「はい」」

どう考えても二人とも期待しているように見える。そこまで有用なものかどうかもわからないのに。

「攻撃スキルのない神楽坂さんが使うのがベストかなと思うんだけど」

「御門、効果的に舞歌が使うのはいいけど私には、なにもないのかな〜」

「い、いや、ひとつしかないから次同じのが出たら」

「そうじゃなくて、それを舞歌が使うなら私の指は寂しいな〜」

指が寂しい？　これはもしかして違う指輪が欲しいっていう意味か？

「もし東城さんが嫌じゃなかったら、俺、指輪をプレゼントさせてもらうから」

「え〜気を遣わせちゃってわるいな〜」

「いやいや、そんなこと、全然ないから」

結局、『防魔の指輪（弱）』は神楽坂さんに使ってもらうことになり、東城さんへの指輪は向日葵に付き合ってもらって小さな赤い宝石のはまった指輪を買って贈らせてもらった。

結果的に二人とも喜んでくれたので良かったけど、今度からはダンジョンで【ガチャ】を引くのは極力控えようと思う。

あれからも毎日【レアガチャ】を2回引いているけど『防魔の指輪（弱）』は当たっていない。

『防魔の指輪（弱）』だけじゃなくアクセサリー類はあのとき以来全く当たっていない。

あれはある意味当たりだったとは思うけど、なぜあのタイミングで当たってしまったのかとも思う。

そして神楽坂さんが『防魔の指輪（弱）』の効果を実感するような危険な場面を迎えることなく、俺はレベル7へと至っていた。

能瀬　御門
LV6　↓　7
HP36　↓　41
ATK29　↓　34
VIT28　↓　32
INT3
AGI37　↓　43
スキル【ガチャ4R2　↓　4R3】

各ステータスは順調な伸びを示し、他の三人もレベルアップしてきたおかげでダンジョンでの活動時間も順調に確保できている。

パーティ全体のレベルがもう少し上がれば、そろそろ活動範囲を広げてもいいんじゃないかと考え始めているところだ。

「やあっ！」

パーティの中で一番攻撃力の低い神楽坂さんも、単体であれば十分にゴブリンを相手にやれている。

「舞歌さん、やっぱり可憐～」

「もう、向日葵ちゃん、そんなんじゃないから」

「わたしとなんか違うもん。所作っていうの？　見てて飽きない感じ」

「それは言えてる。舞歌は品があるのよね～」

「そうそう」

「も～二人ともからかわないで」

毎日のようにダンジョンでの戦闘を繰り返したおかげで、三人はすっかり打ち解けて仲良しになっていた。

年も近いせいか向日葵を含めて友達というよりも、どちらかというと姉妹のような感じがする。

東城さんがしっかり者の一番お姉さんで神楽坂さんが可憐な真ん中。向日葵は甘え上手な末っ子な感じだ。

ありがたいことにここまで大きなトラブルや仲違いに見舞われることなくきているのでダンジョン探索とレベル上げは順調といえる。

「英美里さん、今度一緒に服選んでもらっていいですか～」

「もちろんよ。お姉さんこう見えてお金持ちだから向日葵ちゃんにプレゼントしてあげる～」

「え～ほんとですか？　英美里さんやっさし～」

向日葵が喜んでいるけど前方からはゴブリンの一団が現れた。

「みんな話はそこまでだ」

和やかに話をしていた三人もすぐにモンスターへと意識を切り替える。

「ちょっと数が多いな」

目視できるゴブリンの数は十を超えている。

風切り丸を構え、いつものように近い個体から斬りつけていく。

向日葵と東城さんも俺に続き、神楽坂さんは後方に控え、漏れたゴブリンにとどめをさしていく。

どうやら奥にも控えているらしく、数匹を倒しても相手にする数は減った感じが薄い。

「お兄ちゃん、なんか奥にいない？」

「ああっ、ゴブリンがいっぱいいそうだな」

「そうじゃなくてあのシルエット、なんかゴブリンより大きくない？」

目の前のゴブリンに集中していたので奥に控えるモンスターまでしっかりと見れてはいなかった。

向日葵に促されて奥に視線をやると、モンスターのシルエットらしきものが浮かんでいる。普通のゴブリンに交じって明らかに大きいのがいる。

なんだ？　あれはゴブリンじゃないのか？

見知らぬ影に不安を覚えるが、止まっている場合じゃない。

すぐに目の前に湧くゴブリンに意識を移し、戦いを続行する。

「御門、出てきた！」

数匹のゴブリンを倒しているうちに、シルエットの持ち主が俺たちの前へと現れた。

その姿は確かにゴブリン。

醜悪な顔にその皮膚の色。まごうことなきゴブリンの特徴を備えている。

ただし、その大きさはゴブリンより二回りは大きく、ガーゴイルに近いサイズを誇っている。

「御門くん、あれはもしかしてホブゴブリンじゃ」

ホブゴブリン。既に個体が確認されているゴブリンの上位種。こいつがそうなのか。

確かにゴブリンの上位種としての特徴が見て取れる。

しかも一匹だけじゃない。

確認できるだけで三匹はいる。

「お兄ちゃんやるしかないって。いくよ！【グラビティ】」

向日葵の言う通りだ。この状況で逃げるという選択肢はない。なら倒しきるしかない。

幸いにも向日葵のスキルはホブゴブリンに対しても効果を発揮している。

ゴブリンは東城さんと神楽坂さんに任せて、動きの鈍ったホブゴブリンへと走り風切り丸を振るう。

「グゲッ」

その大きな体躯のせいで頭部を一撃で捉え切るのは難しいと判断し、左足を狙う。

風切り丸の刃はホブゴブリンを相手にしても、切れ味鋭くその肉を断ったが切断には至らなかった。

「ギャアアアアアア」

ホブゴブリンは【グラビティ】の影響下にありつつ、俺に向けその拳を振り下ろしてきた。

咄嗟に風切り丸を手放し攻撃を避けるが、その拳からは風圧が襲ってくる。

やばい。

こいつパワータイプなのか。これを頭にくらったらレベル7のステータスがあったとしても普通に死ぬ。

避けると同時にすぐさま風切り丸に手を伸ばし、目いっぱい引き抜く。

「グアアアア」

「御門！　横！　【アイスフィスト】」

俺がホブゴブリンの一匹と交戦している間に、もう一匹が迫って来ていたらしい。

東城さんが放った氷の拳が俺への攻撃を逸らしてくれる。

「【アイアンストライク】」

続けて向日葵の放った鉄球がホブゴブリンの頭部に命中する。

先ほど斬りつけたホブゴブリンの右足に狙いを定め、両腕にすべての力を込め風切り丸を振り切る。

「ギャアアアアアア～」

今度は完全に断ち切った。

これで、こいつは完全に動きを封じた。

まだあと二匹。

今度は向日葵の放った鉄球によりダメージを受け、その場へと膝をついていたホブゴブリンの首を刈り取るべく全身の力を風切り丸の刃へと込める。

刃が骨に当たった瞬間、刃の勢いが削がれるが、構わず身体をひねり無理やり振り抜く。

「ふ～っ、ふ～っ、ふ～っ」

この一瞬で呼吸が乱れる。大きく息を吐き出し呼吸を無理やり整えて三匹目のホブゴブリンへと向かう。

「グギャアアアア」

向日葵も東城さんも迫るゴブリンを捌くので手一杯だ。

こいつは俺がやるしかない。

このホブゴブリンはゴブリンに比べるとかなり強力だけど、レベルが上がったおかげもあるのかガーゴイルほどの絶望感はない。

「おおおあっ！」

いける。

パワーは圧倒的だけどスピードは完全に俺が上回っている。

大型のこん棒のようなものを振り回してくるが、振りが大きいので集中すれば避けることはできる。

ただ、ホブゴブリンの腕の長さと合わせ射程が長い。

掻《か》い潜《くぐ》って何度か懐に入ろうと試みるが、力任せに返しの一撃が来るのでなかなか踏み込めない。

それにいくらこん棒とはいえ、これだけの大きさと威力のものを受け止めたらどうなるかわからない。

狙うとすれば、振り下ろし直後の持ち手。

それならタイミングよく踏み込めばどうにか届くはずだ。

ブウゥゥン。

こん棒の一撃が鼻先を通り過ぎる。

今だ！

俺は覚悟を決め思いっきり踏み込みホブゴブリンの手をめがけて風切り丸を振り下ろす。

「グイイイヤアア」

手ごたえがあり、ホブゴブリンがこん棒を手放した。

「あああああっ」

さらに一歩踏み込みホブゴブリンへと刃を振るう。

元より一撃で決まるとは思っていないので、力の限り何度も斬りかかる。

ホブゴブリンから血が噴き出すが、まだだ。

「おおああああっ」

とどめにへそのあたりを横に掻《か》っ捌《さば》く。

一呼吸おいてホブゴブリンが消滅する。

俺はすぐに踵を返し、先ほど動きを奪ったホブゴブリンへととどめをさした。

残るゴブリンはわずかだ。

三人もかなりの数のゴブリンを消し去ってくれている。

俺は残る力を振り絞り、風切り丸で残ったゴブリンにとどめをさしてまわり、どうにか全てのゴブリンを消滅させることに成功した。

「あ～終わった～」

数もさることながら初めてホブゴブリンを相手にして、いつもとは違う疲れが押し寄せてくる。

「ホブゴブリン強かったな」

「ちょっと前の私たちだったらやばかったかもね」

「ゴブリンとホブゴブリンってこんなに違うんだ」

「もう全く違う種類だよ」

苦戦したのは間違いないが、ほぼノーダメージで倒しきったのも事実だ。

俺たちのパーティは確実に強くなっている。

「お兄ちゃん、あそこ」

「ああ、魔石か」

かなりの数のゴブリンを倒したおかげで魔石がいくつか落ちているのが見える。

一息ついた俺たちは魔石を拾って集めることにする。

魔石は全部で四つ。

あれだけのゴブリンを相手にしたにしては少ないような気もするけど、その中にひとつだけ明らかに大きい魔石が交ざっていた。

「ホブゴブリンの魔石か」

「お兄ちゃん、いくらになると思う？」

「そうだな～。普通の魔石の倍はある気がするし三万円くらいかもな」

「他が三つで四万五千円だとしたら、合わせて七万五千円だよ。さっきまでのも合わせたら十万円は堅いから一人三万円近く行くかも～。あ～なにに使おうかな～」

向日葵は魔石の計算が異常なほどに早い。

いつも瞬時に自分の手取りをはじき出しているが、使うのも秒で消えている気がする。

それにしても中学生がこれだけのお金を何に使ってるのか心配になってしまうけど、言い過ぎると嫌がられるので強くは言えない。

俺たちは、その後も毎日のようにダンジョンに潜りゴブリンたちとの戦闘を繰り返しついに更なるレベルアップを果たした。

能瀬　御門
ＬＶ７　↓　８
ＨＰ41　↓　47
ＡＴＫ34　↓　39
ＶＩＴ32　↓　36
ＩＮＴ３
ＡＧＩ43　↓　49
スキル【ガチャ４Ｒ３　↓　４Ｒ４】

ついにレベル８だ。

向日葵がレベル6、東城さんと神楽坂さんもレベル4まで上がっていた。

レベルアップの仕組みについてはいまだによくわからない。

ただ、俺のレベルアップの速度は前衛に立つことが多いせいか明らかに他の三人よりも早い。まだそこまでレベルが高くない東城さんと神楽坂さんと比較してもいまだ遜色ないペースで上昇している。

そして【レアガチャ】が一日4回引けるようになったことで、劇的に家庭内の高級食材事情が改善し、東城さんたちにもよくお裾分けしている。

この前は生のフォアグラが丸々出たが、母親が頑張って調理して家族で食べてみた。

正直俺の舌では美味しいかどうかはよくわからなかったけど、我が家の食卓に今まで登場したことのない味だった。

そして武器についても、ボウガンや風切り丸同様の特殊な武器がいくつか当たったので、向日葵たちも【レアガチャ】で当たった武器で身を固めている。

俺の当てた武器と、レベルアップしたステータスで今ではゴブリン相手にスキルをほとんど使うことなく戦うことができるようになり、入り口付近から卒業して奥への探索を始めることにした。

俺は左手に風切り丸、右手に『鬼切丸《おにきりまる》』という鬼を斬ることに斬れ味が特化した刀を持ちゴブリンと戦っているが、レベル8となったステータスはゴブリンを優に超えており、二匹を同時に相手取っても十分に戦うことができるようになっている。

「御門くん、そっちにいきました」

「任せて。神楽坂さんはそっちのやつを頼んだ」

俺は向かってきたゴブリンの動きを見定めすれ違いざまに鬼切丸で斬り伏せる。

刃がゴブリンの肉に触れた瞬間、豆腐でも切るかの如くあっさりと肉を断ち、骨をも切断する。

【レアガチャ】で当たったこの鬼切丸はゴブリン専用ともいえる性能を発揮し、一瞬でゴブリンを葬り去ることができた。

おそらくはゴブリン＝小鬼で鬼判定なんじゃないかと思っている。

「結構奥まで来てるんじゃない？」

「だいぶ慣れてきたのもあるから、ペースが上がってるな」

既に今まで探索したエリアを超える所まで来ているけど、今のところ問題はなさそうだ。

「嘘……お兄ちゃん、アレ、骨が歩いてる」

「マジか……」

俺たちの進もうとしているその先には、骨格標本を思わせる骨が歩いていた。

しかも、見えるだけでも五匹はいる。

この階層でゴブリン種以外の初めてのモンスター。

俺も軽くラノベやアニメを見ることはあるので知識としてはある。

だけど、生命と呼べるかどうかわからないそのモンスターを初めて見て驚愕以外の言葉が思い浮かばない。

スケルトン。

外皮はおろか、筋肉や内臓すらない骨だけの存在。

この状態でどうやって動いているのかさえわからないが、ゴブリンと明らかに違うところがある。

それは明確に武器と呼べるものを手にしていることだ。

ゴブリンが持つこん棒とは違い金属質の光が離れたここからでも見てとれる。

「みんな、いくよ」

俺たちは、スケルトンに向かって駆け出す。

アニメではスケルトンの動きは鈍いことが多いけど、今目の前にいる実物はかなり速い。

ゴブリンと遜色ないスピードで、更には剣を振るってくる。

そしてゴブリンに有効だったボウガンが全く役に立たない。

自ずと俺の出番が増え、二匹のスケルトンを同時に相手することになっているが、レベル8となった俺のステータスは二匹の攻撃もどうにか捌くことができている。

ただ目の前を本物の剣が横切っていくのは、その度に身体が竦んでしまいそうになるが、無理矢理動かし、剣を避けて切り返す。

おそらくスケルトン単体の強さはゴブリンを凌ぐ。

そして問題はゴブリンと違い、鬼切丸で切断し倒しきることができない。

スケルトン相手では鬼切丸の本来の力が発揮されないのか、骨に食い込みはするが断ち切れない。

それでも迫るもう一匹のスケルトンの攻撃を躱すため、無理矢理ねじ込んで刀を骨から引き抜くが、抜いた瞬間、ビキィという異音が聞こえ根本から刃が折れてしまった。

「ああっ」

想定外の事態に唖然としてしまう。動揺から一瞬動きが鈍ったのをどうにか気持ちを切り替えて風切り丸で迫るスケルトンの首を刎ねるが、先程同様風切り丸を持つ手にも硬質な感覚が伝わってくる。

明らかにゴブリンの骨よりも硬い。

「お兄ちゃん！」

俺が苦戦しているのを見て向日葵が【グラビティ】でフォローしてくれる。

動きを止めたスケルトンに斬りかかり消滅へと追いやり、すぐに次のスケルトンへと走る。

東城さんと神楽坂さんもスケルトンをそれぞれ相手にしているが、完全に押し込まれている。すぐに俺も参戦して、背後から斬りつけ順番に倒していく。

みんなの頑張りもあり、どうにか五匹のスケルトンを倒し切ることができたが、俺の手にある風切り丸を見ると刃がボロボロになっており、刀としての役目を終えたのがわかる。

「もう使えないな」

スケルトン五匹を相手取るのにメインの武器二本が使えなくなってしまった。

それは他の三人も同様で、使っていた剣が明らかにダメージを受けていた。

舐めていたわけではないけど、ゴブリン相手にそれなりにやれていたので、自分の成長を感じつつここまで進んで来たが、スケルトンのやりづらさはゴブリンの比じゃなかった。

俺はすぐにスマホをタップしストックから武器を取り出してみんなの武器を換装する。

「みんな今日はここまでにしようか」

「そうね」

「なんか疲れた」

「それがいいと思う」

先程の戦いで武器だけではなく、精神力も消耗してしまったのでこのまま引き返すことにする。

「スケルトン強いな」

「私、多分一対一なら負けてる」

「わたしも押されてたから」

「自分で戦いながら、スマホをタップしてスキルを発動するのは無理。誰かが抑えてくれてないとダメみたい」

確かに近接戦をこなしながらスマホをタップしてスキルを発動するのはかなり厳しい。

相手によっては今以上に役割を明確にして戦う必要がありそうだ。

スケルトンと戦い強く思ったのは、剣や刀との相性は悪く今日のような戦い方は悪手だ。狙うなら骨と骨の間。そこに武器を滑り込ませれば刃を傷めずに倒せるはずだ。

スケルトンの骨は思った以上に硬質で、上手く立ち回るには技術の向上は必須ともいえる。

まだまだ俺が身に付けなければいけないことは山積みだ。

第五章　世界の変革

スキルについて新しいことも少しずつわかり始めている。

俺たちがショッピングモールでの戦いで経験したように、やはりスキルを持たない人がモンスターを倒すとステータスが発現する場合があるらしい。

ただ、全ての人がそうなるわけではない。

可能性が高いのは、若い人たち。

今までの統計だと十五〜二十歳くらいの人は、戦闘を経てステータスを発現する可能性が高く五十歳を超えて新たにステータスを発現した人の報告は上がってきていないそうだ。

セイバーに先駆けて対応していた自衛隊や各国の軍隊で、この情報が集まりづらかったのは所属している人たちの年齢によるところが大きかったのだろう。

俺同様、自然発生的にスキルホルダーになった人たちの中には五十代の人もいるようなので、なにが違うのかはいまだにわかっていない。

これらの事実が公表されても、命の危険が大きすぎるためかそれほどスキルホルダーが劇的に増えることはなかったが、世界を駆け巡ったあるニュースをきっかけに事態が一変した。

それはダンジョンの踏破。

それは中国の東部にあるダンジョンのひとつが踏破されたというニュース。

おそらく史上初となるこの出来事には特別な意味があった。

それはダンジョン内のモンスターの消滅。

踏破してもダンジョン自体が消え去ることはなかったらしいが、内部にいた幾多のモンスターが全て消え去ったとのことだった。

詳細はわからなかったが、公表されたその内容は世界を驚かし、そして希望を与えた。

これまで訳もわからずダンジョンが現れ、一方的にモンスターに害され、耐える以外には方策のなかった状況で示された可能性。

その可能性に世界が、全人類が沸き立った。

どうやってダンジョンを踏破したのか、ダンジョンの最奥がどうなっているのか等の詳しい内容までは伝わってこないが、噂では物量に物を言わせる死をも厭わない人海戦術で押し切ったと言われている。

当然ながらこの報を受けて世界中のターゲットがダンジョンの踏破へと移った。

既に軍事大国と呼ばれる国では中国に近しい動きを見せているらしい。

そして日本でも同様の動きが加速していったが、軍隊を持たない日本では他国ほどスムーズにはいかなかった。

世論を巻き込んで侃侃諤諤の様相を呈したが、最終的には政治決断でダンジョン踏破に対して百億円の報奨金が設けられる事となった。

しかもこれはひとつのダンジョンにつきだ。

俺から見ればあまりに高額な報奨金にリアリティがないが、一部のセイバーたちは沸き立った。

そしてこのことが死の恐怖を乗り越えてでもスキルホルダーになろうという人たちの背中を押し、

十代のスキルホルダーが徐々に増えることとなった。

そして国策として積極的にダンジョンへ入ることが今まで以上に推奨され、サポート体制も厚くなった。

攻略組と呼ばれるグループが現れ、中にはクランと呼ばれる集団を形成し数の力でダンジョンを征しようという人たちも現れた。

そしてクランの一部は、スキル発現後の入団を条件にスキルを持たない人を募り、モンスターを倒す手助けをするようになった。

そんな世界の潮流の中でも俺ができることが急に変わるわけでもないので、自分たちのペースでダンジョンへと挑んでいる。

俺たちのホームダンジョンでも最近、他のセイバーと遭遇する回数が増えてきているのを実感する。

そんな中俺たちはついに第二層へと到達した。

それと同時に俺のレベルは9へと上がっていた。

能瀬　御門

LV8　→　9

HP47　→　51

ATK39　→　43

VIT36　→　39

ＩＮＴ３
ＡＧＩ49　↓　54
スキル　【ガチャ＋４Ｒ４】

レベルアップにより全体のステータスが嵩上げされ、ＨＰとＡＧＩは50を超えた。

相変わらずＩＮＴ３は固定なので、八回目ともなれば半分諦めの境地に達してはいるが、レベル10でなにかしら変化があるのではないかと淡い期待を抱いている。

そして【ガチャ】の回数が増えることはなかったが、表記に＋がついて、スキルが【ガチャプラス】となった。

【ガチャプラス】とはなんだ？　と思ったが、いろいろやってみてわかったのは一度排出した景品を戻せるようになっていた。

未排出の景品の死蔵期限は二週間まで延び、一度排出した景品は再び戻しても消滅しなくなった。

ただしストックできる数は減り、未排出の景品が十と排出済みの景品が二十までになってしまった。

制約もあるが、ある意味ストレージ機能が加わった感じだ。

消滅することなく武器をストックできるようになったのはかなり大きい。

そして第二層では出現するモンスターの種類が変化し、体感的に明らかに第一層のモンスターよりも強くなった気がする。

「お兄ちゃん！」

「わかってる」

俺は前方のモンスターへと走り出す。

「【グラビティ】」

向日葵のスキルで動きが止まったリザードマンの首を目掛けて手に持つ地刃利《ちばり》を振るう。

地刃利の刃が硬いリザードマンの皮膚を裂き、消滅させる。

「【アイスフィスト】」

すぐに東城さんがダメージを与えたもう一匹へと走り、もう片方に持つ蝦蟇《がま》斬りで絶命させる。

「ふ~うまくいったな」

俺の装備も【レアガチャ】により日々更新されている。

当初メインで使用していた風切り丸は、既に手元にはない。

結構馴染んで愛着もあったのでそれなりにショックだったけど、モンスターも甘くはないので武器は消耗品として割り切るしかなかった。

今使っている地刃利と蝦蟇斬りはどちらも日本刀の流れを汲む武器だ。

日本刀による二刀流は俺が中二病に罹患したからではない。理由はその軽さだ。

日本刀はその見た目よりもかなり重い。

それでも洋式の剣に比べると軽い。

技術がなくＡＧＩが高い俺が重視するのはスピードと手数。

洋式の剣でも今のステータスなら問題なく扱えるけどハンドスピードは落ちる。

ハンドスピードを重視し、さらに回転率を上げるための二刀流。

向日葵や東城さんのスキルで足止めしたモンスターを俺が前に出て斬り倒す。

これが、俺たちが第一層で確立したパターン。

そして俺の疲労が溜まったら、神楽坂さんが【ヒーリング】で回復してくれる。

神楽坂さんのスキルは本当に癒される。

【ヒーリング】のおかげで力をセーブせず全力で戦うことができている。

神楽坂さんマジ天使。

「結構第二層にも慣れてきた気がする」

「もう余裕じゃない？」

「四人だったら第三層でもいけそう」

「向日葵ちゃん、それはまだ無理じゃないかな」

「え～そうかな～。お兄ちゃんがもっと頑張れば結構いける気がするけど」

「向日葵、これでもお兄ちゃんは目一杯頑張ってるから」

「うん、御門くんはいつも頑張ってくれてるよね」

あ～やっぱり神楽坂さんは癒しだ。

それに引き換え、最近向日葵は結構厳しめだ。もしかして反抗期なのか？

肉体労働は基本俺の役目なので、レベルが上がったとはいえダンジョンを進むのはそれなりに疲れる。

癒しがあるのとないのじゃ全然違う。

神楽坂さんには感謝しかない。

「そうだ。これ次の戦いで使えないかな」

「え～っとそれは……」

「ああ、この前当たった投網だけど、モンスターも一網打尽にできたりしそうじゃない？」

「お兄ちゃん、投網投げたことあるの？」

「いや、ないけど」

「お兄ちゃん、漁師さん舐めてる？」

「えっ？」

「魚を捕るだけでも大変なのに素人がモンスター捕れるわけない。それに投網って投げたらパ～っと開くなんて簡単なものじゃないでしょ」

「ああ、確かに」

投網が当たって、ダンジョンで使えるかと思ったけど、向日葵の言う事も一理ある。

確かに素人が投網を使って動くモンスターを捕らえるのは難易度高い気がする。

「御門、あれ」

東城さんの声に我に返って視線を移すと、前方に攻略組と思しき集団がいた。

十五名を超える一団がモンスターと交戦している。

今までも攻略組とすれ違うことはあったけど戦闘の場に居合わせたのはこれが初めてだ。

モンスターを数で上回る集団は二人一組となり手数と物量で圧倒していく。

「凄いな」

これだけの人数が同時にスキルを発動する様は、俺たちの戦い方とは全く違うものに見える。

「おおおおおおっ、やるぜ！　【コカトリス】」

集団の一人が前方へと躍り出てスキルを発動した。

あれはまさか……。

【コカトリス】というスキルを発動した男性は、予想に反し敵にダメージを一切与えることなくその場で一瞬にして石化してしまった。

石化して動かなくなった男性を前にしたモンスターが一斉に襲いかかるが全くダメージはなさそうだ。

「嘘だろ、あれってまさかあの子泣き爺さん？」

「え？　お兄ちゃん子泣き爺さんってなに？」

「いや、掲示板の……」

石化した男性がモンスターのターゲットを一身に集めたおかげで、残りのメンバーはプレッシャーから解放されモンスターの群れを一気に殲滅してしまった。

「凄かったな」

「あの石になった人大丈夫なのかな」

「いや、どうだろう」

モンスターが消えても子泣き爺さんらしき人が石化から戻る様子はないけど、他のメンバーたちにも焦った様子は見られない。

衝撃的な状況に俺たち四人は子泣き爺さんを注視していると、前触れもなく子泣き爺さんの石化が解けた。

「ふ〜やっぱり俺の防御を貫けるものなしだ」

「ああ、山下いい仕事してたぜ」

「そうだろう」

「ところでレベルは上がったのか？」

「いや、上がらなかった」

「そうか、それは残念だ。やっぱり石化状態だと難しいのかもな」

「まあレベル1のままでも防御力は最強だから。まああえてレベル1的な」

「そうだな」

あの人が本当に掲示板にいた子泣き爺さんかどうかはわからないけど、どうやら自分が石化するスキルの使い道を見つけたみたいだ。

確かにあれだけ敵を引きつけてくれる人がいれば、戦いやすい。

目から鱗とはこのことかもしれない。

ただ自分の意志で解除することはできなさそうなのでタイミングが重要に思える。

俺たちも、もっとスキルを上手く使いこなせればもっと強くなれるかもしれないと思わされる出来事だった。

先行するグループに声をかけるべきか迷ったものの、スルーするのも失礼に当たるかもしれないと思い一応声をかけてみた。

「こんにちは～」

「ああ、他のグループもいたのか」

「はい、さっきの戦闘を見させてもらいました。さすがにこの人数で戦うと迫力がありますね」

「まあ、第二層くらいならな。お前らは四人なのか？　見たところ結構若く見えるが、学生か？」

「はい、俺は高校生でこっちは中学生です」

「中学生⁉　いわゆるスクールセイバーか」

「わたしはセイバーじゃないですけどね」

中学生のセイバーもいるとは思うけど、やっぱりダンジョンに中学生が潜ってるのは珍しいよな。

「しかも女の子が三人と男が一名か。ふ～、うちは全員男なのにな。こんな時代になっても神様は不公平なんだな。うちには女の子の応募なんか一人もいなかったぞ」

「いやヒロト、時代も神様も関係ない。俺が高校の時代でもアオハルなんか無縁だったんだから」

「そうだな。まあいいだろう。ところでそっちはどこまで潜るんだ？」

「俺たちはこの二層までです」

「そうか。四人じゃ無理しないほうがいいだろう」

「そちらはどこまで？」

「今は四層まで到達してるぞ」

「四層！　すごいですね」

「ああ、一刻も早くダンジョンを攻略したいからな」

「やっぱり四層の敵は強いんですか？」

「そうだな。この数いても気を抜くとやられる。四人なら尚更だ。まだ若いんだから無理するなよ」

「はい」

そう言うと、先行グループは先へと進んで行った。

「御門くん、さっきの人たち凄かったね」

「ああ、クランなのかグループなのかはわからないけど、俺たちよりだいぶ先に進んでるのは間違いないいな」

「石の人もいたね。あんな戦い方もあるんだ。わたしにはモンスターにあんな一方的に叩かれる勇気はないよ」

「確かにすごい戦い方だった」

「でも男の人ばっかりだったわね。私はあのグループじゃちょっと無理かも〜」

「そうですね。独特の雰囲気がありました。わたしも無理です」

先行グループは全員俺たちよりも年上と思われる男性ばかりのグループだったけど、東城さんたちの評価は微妙だったようだ。

「だけど第四層まで行ってるみたいだから、かなりレベルも高いんじゃないか」

「そうかもだけど、なんて言うか漢くさい感じが、ちょっと苦手〜」

「あ〜わかります〜。なんかムワッとした感じですよね〜」

「そうそう。地上ならまだいいけど、ダンジョンじゃね〜」

「それは、わかる気がするな」

「神楽坂さんまで……」

どうやら男性の集団特有の熱気というか漢くささがダメらしい。

個人的には結構憧れたりするが、ダメなのか。

俺もこのメンバーでやっていくと決めた以上方向性を間違えないようにしないといけない。

目指すべきはさわやか系か。

■■■■■■■■■■

いつものようにダンジョンから帰ってきてから日課のネットサーフィンであの掲示板をチェックしてみる。
その中に気になる書き込みを見つけてしまった。

555
俺はついに生きる道を見つけた。石化最強。俺は人類の盾となる
557
それって、石の盾になるってこと？　石より硬いので殴られたらヤバない？
558
いや、石最強。今まで欠けたことはない
559
欠けたらやばいんじゃ

やっぱりこの書きこみの人、この前戦ってた子泣き爺さんじゃないのか？
石化して盾って、この前見たまんまだ。

561
とにかく大丈夫なんだ。俺は最強の盾だ。それよりこの前、ダンジョンに中学生がいた

562
中学生いなくはないだろ。たまに見かける

563
結構かわいかった

564
ん？　女の子？

566
一緒の女子高生もかなりレベル高かった

568
かわいい女子中学生にレベル高い女子高生!?

569
そう、女子高生は二人な

571
いや、それはない。美少女三人パーティ？　そんなパーティ見たことないわ。それはファンタジーの世界だけのお伽話だろ

これって向日葵たちのことだよな。
こっちが見てたように、あっちもこっちのことは気になってたんだ。
確かに向日葵はかわいいからな～。
それに戦闘中に遭遇することってそこまで多くはないから特に印象に残ったのかもしれない。

572
ついにアニメと現実の境界がわからなくなったんだろう。石化で脳みそも石化したか。無理もない

573
いや、マジだって

575
もう、いいって。俺はこの前ケモ耳見た。いやあれは妖精さんだったか

576
美少女三人に男一人のパーティだった。男も高校生だって

578
ふあっ？　男もいるのか？　もしかしてリアルハーレムパーティ!?

579
いや、マジにとるなって。ハーレムパーティって……マジで？

580

マジだ。しかもリアル美少女三人だ
582
男は？　そんなにいけてんのか？　王子様キャラか？
583
いや、それは普通だった。悪くはないけど、普通だった
585
普通がなぜハーレム？

これって……俺のことか？　いや俺だよな。

ハーレムパーティってなんだよ。

いや確かに傍から見ればそう見えないこともないか。

だけど向日葵は妹だぞ？

ハーレムパーティでもないし王子様キャラでもないけど、全然知らない人に書かれるとなんとなく釈然としない。

587
あれじゃね。マネー。マネーパワー
588
スキルパワーかマネーパワーのどっちかだろ

590
まさか、催眠系スキル⁉
592
ありえる。いやむしろそれしかないんでは

ちょっと待て。
マネーパワーってなに？
しかも催眠系スキルってそれはもう犯罪だよね。
これは書き込んだほうがいいのか？
いやでも、もう遅いか？

594
催眠系スキルでハーレムパーティか。夢があるな。スキルが無理ならマネーしかないか。もらってる月百万オールインでワンチャンあるか
596
いや、ダンジョンに潜ってる時点で美少女たちも高確率セイバー。百万じゃ無理。むしろ百万使うなら地上でそっち系のお店にオールインだろ
597
確かに。ダンジョンにこだわりすぎてたわ。いまからお店で百万使ってくる

599
お店に百万ＷＷＷ　もう目的変わってね？
600
俺はモテたいんだ～!!
602
金の切れ目が縁の切れ目

話が変なほうへと逸れてきたが、内容が浅いというかこれは逆に結構深いのか？

金の切れ目が縁の切れ目。

心に刺さる言葉だ。

もちろん向日葵のことは信じてはいるけど、とりあえずお小遣いはしっかり渡しておこうと思う。


地上では、モンスターによる被害が毎日のようにニュースに流れ、俺は日々ダンジョンに潜る生活を送っているけど不思議なもので学校には普通に通っている。

来なくなった生徒もいるものの、学校では普通にテストもあり、唯一変わったのは運動場での活動が制限されたくらいだろう。

もちろん世の中の経済活動も継続していて、父親も普通に会社へと出勤を続けている。

今、世界では日常と非日常が共存しているような不思議な状態が続いている。

てっきり全員で避難するような状況になるのかと思っていたが、実際にはそうはならなかった。

いつもとなにも変わらない教室で、いつものように堂本が話しかけてくる。

「御門、昨日セイバーエンジェル36出てただろ。あのパフォーマンス最高だな。見たか？」

「いや、見てないけど」

「やっぱセンターの芽瑠ちゃんが最高だよな。御門そう思うだろ」

「俺は、そんなに詳しくないから」

「え～芽瑠ちゃんだぞ？　救世主アイドルだぞ？　セイバーで可愛くてアイドルってもう最強だと思わないか？」

「いや、まあ、そうかもしれないけど」

「そうだろ？　俺も芽瑠ちゃんに救われて～！」

「なんだよそれ」

いつの時代でもアイドルは不滅なのかもしれない。この時世にもかかわらず、商機を見出す人はいるもので、巷では救世主アイドルとしてセイバーばかりを集めたアイドルグループであるセイバーエンジェル36が大人気となっている。

「神楽坂さんもセイバーになったんだからオーディション受ければいいのに。絶対受かるって。メインのメンバーと比べても負けてないって。御門もそう思うだろ」

「まあ、神楽坂さんが可愛いのは認めるけど、あんまりアイドルとか興味ないんじゃないかなぁ。そんなに前に出たがるほうじゃないし。どっちかっていうとそういうのは東城さんのほうが向いてる気がするけど」

「あ～東城さんはセイバーエンジェルよりセイバークライシス49のほうだろ。有馬さん的なポジいけるかも」

セイバークライシスはセイバーエンジェルのお姉さんグループ的な立ち位置でメンバーも少し大人びた人たちが多い印象があるが、詳しくない俺には顔と名前が全く一致しない。

いずれにしても堂本のハマりっぷりは相当なものがある。

「セイバークライシスも悪くはないけどやっぱりセイバーエンジェルが最高だよ。今度ドーム公演が決まったらしいけどチケット無理だよな～。SRチケだよな。いやLRいくな」

「SRはわかるんだけどLRってなんだよ」

「LRはLRだ。レジェンドレア」

「レジェンドレア。なんかすごそうだな」

「ああ、レアの最上級みたいなもんだ」

「そうなのか」

「LR知らないのか。御門もダンジョンばっかり潜ってないでゲームとかアイドルとかにも興味持ったほうがいいぞ。こんな世の中だからこそだぞ」

「ゲームは少しやったりするけどな」

「まあ、神楽坂さんと東城さんと一緒の時点でご褒美みたいなもんかもしれないけども」

確かに堂本の言うことにも一理ある。

神楽坂さんと東城さんがいてくれることで殺伐としたダンジョンが華やいでいる。

もちろん向日葵がいてくれるのもかなり大きい。

「避難警報、避難警報！　校内にモンスターが現れました。一年生棟です。スクールセイバーは至急向かってください」

三時間目の授業を受けている最中に校内放送が流れてきた。

以前はこんな放送はなく、モンスターの襲撃のたびに混乱に陥っていたが、頻発する状況に校内放送によるアナウンスが整備され、迅速にセイバーが対応することができるようになった。

「御門、行こう！」

クラスに四人となったセイバー全員で向かう。

すっかり寡黙になってしまった大前も一緒に一年棟へと走る。

「おう、御門、今日もやってやるぜ」

「ゴブリンだけなら一年だけで片付いて俺たちの出番はないかもな」

途中で岸田も合流するが、最近は完全に名前呼びでフランクに話しかけてくる。

なにかにつけて話しかけてくるけど、岸田が他の生徒と一緒に行動しているところを見たことはほとんどないので、偉そうにしているくせに何気にボッチなんじゃないかと思っている。

モンスターが侵入してきたのは一年生棟の一階。

渡り廊下を進んでいる途中でゴブリン特有の声が聞こえてきた。

「ギャギャギャギャギャ」

「次から次へと～！　黒木！　そっちに行ったぞ！」

「【バーニングクロー】」

既に一年のセイバーが交戦しているようだ。

一年は野本さんの他に新たに二人のセイバーが誕生して今は三人となっている。

出現率が高いはずの高校生のわりにそれほどセイバーが増えていないのには訳がある。

少し前までは一年生のセイバーは四人いた。

うちの学校でもモンスターを倒せばスキルホルダーになれる可能性が謳われたタイミングで四人目のセイバーが一般の生徒を引き連れモンスターに挑んだ。

スキルを持たない一般の高校生が一人の高校生セイバーのサポートを受けてモンスターに挑む。

当然結果はやる前からわかっている。

誰か止められなかったのかと今になって思うが、当時は功名心が勝っていたのだろう。

悲劇ともいえる状況が生まれ、その後はピタリと無茶をする生徒はいなくなった。

その影響で、おそらく他の学校に比べてもうちの学校のスクールセイバーの数はそう多くはない。

それでも、それなりの頻度でモンスターの襲撃があるため、以前に比べると各セイバーが格段に手慣れてきているので、今のところ大きな問題は起こっていない。

「ゴブリンか」

交戦しているのはゴブリンが五体。

「【ゲルセニウムバイト】」

「グギャヒャヒャ」

植物がゴブリンに巻き付きそのまま消失へと誘う。

野本さんのスキルだ。

以前助けてもらったときには気づかなかったけど、野本さんのスキルは植物で拘束するだけではなく、毒によるダメージ付加があるらしく、ゴブリン程度であれば、そのまま倒してしまうことが可能らしい。

「【ウィンドブラスト】」

寡黙になってしまった大前が唐突にゴブリンへとスキルを放つ。

ゴブリンはレベルアップにより威力を増した風の砲弾により撃ち抜かれた。

キャラ変が良いのかどうかはわからないが、以前の調子に乗っていた大前は消え、無言のうちに敵モンスターを倒したその姿は少しイケてる気がする。

「大前先輩！」

「ああ」

「みんな、先輩が来たぞ！　もう大丈夫だ！」

「おおおお〜！」

その場に残っていた一般の生徒から声が上がる。

駆けつけたのは大前だけじゃないけど、やはり一年生にも密かに大前人気が広がっているのか？

「能瀬先輩、来てくれたんですね」

「ああ。野本さん、このまま倒し切るぞ」

「はい」

大前人気を気にしても仕方がないので、野本さんとも連携してゴブリンへと立ち向かう。

残るゴブリンは四匹だ。

ダンジョン同様に神楽坂さんと東城さんのサポートを受け俺が前に出て戦う。

岸田や他のセイバーもいるので、俺が複数を相手取ることなくあっさりと戦闘を終えることができた。

「今日は、これで終わりか。まあ、ゴブリン程度じゃこの程度か。少々物足りねえが俺の敵じゃないな」

相変わらずの岸田だが、それなりにレベルも上がっているようでゴブリン相手に遅れをとることはなくなっているので、あながち言っていることも間違いではない。

ただなぁ。

どうやらモンスターは人が集まるところを目指してくる習性があるのか、学校にはそれなりの頻度でモンスターの襲来がある。

一方で個人宅が襲われるケースもないわけではないが、人が集まる場所に比べるとその頻度は高くない。

一番いいのは、集まらずにバラバラの生活を送ることなのかもしれないけど、現実的には難しいので今の生活を続けるしかない気がする。

「おい」

「お、おう、大前どうした？」

「あれ」

珍しく話しかけてきた大前が指差すほうに目をやると、空中に小さな物体がいくつか浮いているのが確認できた。あの感じ、以前に一度見たことがある。

「あれってまさか」

「前のと一緒に見えるな」

「ガーゴイルか！」

「なっ！　ガーゴイル⁉　いやちょっと待て、一匹じゃねえだろ。三匹⁉」

「御門くん……」

ゴブリンを倒してこれから自分たちの教室に戻ろうとしてた矢先、外にはガーゴイルと思しき姿が小さく見えた。

しかも一匹じゃない。

確認できるだけで三匹。

前回、ボロボロにされ、文字通り命がけで倒した相手。

岸田からは明らかに動揺が見て取れ、一年生たちも完全に委縮してしまっている。

かなり厳しい状況だ。

「おい！　一年来るぞ！　しっかりしろ！」

「だけど……」

「三匹はやばい。全員で戦わなきゃ無理だ」

委縮した一年生セイバーを鼓舞する。

「東城さん、いける？」

「もちろん」

「野本さんもいけるな」

「はい」

「神楽坂さんはサポート頼んだ」

「はい」

「くそがっ、なんでガーゴイルなんだよ。やるしかねえのか。おい大前、撃ち落とせよ」

「いや、まだ早い。前と同じになる」

「くそ、くそ、くそ。やってやるやってやるぞ！」

岸田が煩《うるさ》く騒いではいるが腹は決まったようだ。

「おい、これ使え」

「あ？　武器なら持ってるぞ」

「いや、こっちのほうがいい。使え。大前もな」

「ああ」

俺はストックしてある武器を取り出して、その場のメンバーへと配る。

「お前何本持ってんだよ。それにこの剣、普通の剣じゃねえのか？」

「まあ、ちょっと特別製だ」

「前からお前の武器、切れ過ぎるとは思ってたがスキルか。まあいい。これでちょっとはいけるだろ」

「岸田、おしゃべりはそこまでだ。来るぞ」

ガーゴイルは武器を構えた俺たちを認識したのか、三匹ともが俺たちのいる場所へと向かってきた。

久々に見るガーゴイルはやはりゴブリンとは格が違って見える。

こっちは、八人。

以前書き込みに単体のガーゴイルと戦うにはチームレベル10以上とあった。

それを信じるなら今の俺のレベルは9。

手に持つ地刃利と蝦蟇斬りの性能を考えると、ギリギリ一匹は相手取ることは可能なはずだ。

残りの七人でガーゴイル二匹。

東城さんのレベルは6で神楽坂さんが5だ。残りのメンバーの正確なレベルは不明だが平均3あればトータルレベルはガーゴイル二匹を相手取っても適正の20を大きく超える。

いける。

いや多分いける。

「俺が一番左のやつを受け持つ。あとの二匹をみんなで頼む」

「御門気をつけてね」

「おい、正気か？　あれを一人でやる気か？」

「ああ、やるしかないだろ」

「くそっ。御門、普段と違って戦いのときだけやけにカッコ良いじゃねえか」

「余計なこと言ってないで集中しろ」

「ガアアアアアアア〜」

ガーゴイルがこちらを向き吠えた。

空気が震えるような錯覚を覚え、一瞬身体の筋肉が収縮しかけるが、気合いを入れて走りだす。

「うおおおお～」

「ガアアアアアアア～」

俺の気合いを打ち消すようにガーゴイルの咆哮が更に響き、交戦状態へと突入した。

背中の翼をはばたかせガーゴイルがこちらへと向かってくる。

一気に距離が詰まり、眼前にガーゴイルが迫る。

速い！

前回戦ったときより明らかに速い。

前回戦ったやつは、三人がかりでダメージを積み重ねていたし翼にもダメージがあった。

今回のガーゴイルは無傷。

前回のイメージが頭に残っていた俺はガーゴイルのスピードを追い切れなかった。

咄嗟に手に持つ二刀を身体の前へと十字に滑り込ます。

「がはあっ」

どうにか直撃は避けたが、ステータスで強化されたはずの俺の身体は、あっさりとボールのように弾き飛ばされてしまった。

痛い。

背中が痛い。

二刀を支える手と腕が痛い。

肩と首も痛い。

「カハッ、くそっ」

痛いけど、このまま追撃を受けるとまずい。

身体の中でダメージの薄い脚を必死で動かして、立ち上がり態勢を立て直す。

「ウオっ！」

ガーゴイルが俺の隙を逃すはずもなく、正面を向いたときには既に目の前で攻撃態勢に入ってしまっていた。

まずい。目の前の状況を脳で認識はできるけど、このタイミングで身体を反応させることができない。

直撃する。

そう思った直後ガーゴイルに矢が刺さった。

「ガアアアッ！」

この矢は……。

「御門くん、下がって！」

俺は神楽坂さんの声に従い、ガーゴイルと距離をとって再び刀を構えた。

「神楽坂さん助かった」

「御門くんは一人じゃないから」

「ああ、助かったよ」

神楽坂さんが助けてくれなきゃ、さっきので死んでたかもしれない。

神楽坂さんの放った矢はガーゴイルの肩口に刺さっている。

これでさっきよりはスピードも鈍るはず。

俺は再びガーゴイルへと踏み込み、痛みを無視して全力で右手に持つ地刃利をはらう。

ガーゴイルがその硬い爪で地刃利を受け止めるが、俺は構わずに左手に持つ蝦蟇斬りをガーゴイルの腕に向かって振り下ろしそのまま斬った。

「お前もカエルみたいなもんだろ！　斬れろ～！」

手元に抵抗感はあったが蝦蟇斬りを持つ手に力を込め斬り落とした。

「ギャアアアアアア～」

ガーゴイルの叫びが響き渡る。

痛みからかガーゴイルの動きが完全に止まった。

俺は自由を取り戻した地刃利でガーゴイルの首を狙い落とす。

ガーゴイルの首が床に落ちると同時にモンスターは消滅した。

勝てた。

ギリギリ。

神楽坂さんの助けを借りてギリギリだけど、どうにか倒せた。

レベル９でギリギリ。

前回勝てたのは本当に奇跡だったかもしれない。

一撃目を受けてしまったせいで身体が痛み悲鳴を上げてはいるが、まだだ。

他の二匹はまだ死んでない。

「【ヒーリング】」

神楽坂さんのスキルのおかげで少し身体が軽くなった。

「わりぃ。ちょっと遅かったか」

「いや、一番いいとこだろ。真打ちは遅れて登場するってな」

俺が再び戦闘に加わろうとするタイミングで三年生のセイバー二人が来てくれた。

三年にもセイバーは四人いるが、受験生だからなのか四人揃ったところを見たことはない。

だけどこの状況では二人が来てくれたことがありがたい。

「いや、だけどガーゴイル⁉」

「マジ？　しかも二匹？　俺帰っていい？」

「いいわけねえだろ、くそ先が！　ふざけてねえでさっさと手伝えよ！」

戦況に目をやると二年生チームはなんとか拮抗していたが、一年生チームはガーゴイルに完全に押されていた。

野本さんのスキルでどうにか留め置いてはいたが、決定打とはならず、ガーゴイルは周囲へと攻撃を繰り返していた。

三年生の先輩二人が一年生チームへと加わってくれたので俺は二年生チームへと加わるために走る。

「岸田！　俺も入るぞ」

「おお、俺の邪魔はするなよ」

「どの口が……」

「御門、ガーゴイルってホブゴブリンとかリザードマンより全然強いんだけど」

「東城さんは援護して」

「任せてよ」

書き込みでチームレベル10は必要とあったが、おそらくその見積もりは甘い。

実際にもう一度戦ってみてわかったが体感15近くは必要なんじゃないか。

それほどにガーゴイルは手強い。

ただレベル9の俺が前に立つことで一気に戦況がこちらへと傾く。

「【アイスフィスト】」

「【ファイアボール】」

「【ウィンドブラスト】」

後方からの東城さんたちの攻撃がガーゴイルの動きを完全に封じてくれている。

さっき一人で突っ込んだときとは全く違う。

ガーゴイルに向け刀を振るう。

「ギャギャギョ～アアア」

「倒れろ！　いやあああああああ～！」

必死でガーゴイルの身体に向け刀を振るい六度目の斬撃を放った直後、ガーゴイルはその場へと倒れた。

「御門、やったね」

「ああ、倒せてよかった」

「はん、ほとんど俺のおかげだろ。俺の【ファイアボール】でほぼ決まってたぞ」

「……」

誰も反応しないけどもう岸田は放っておこう。

三匹目のガーゴイルも問題はなさそうだ。

三年生二人が加わった事で手数と火力が増え、このまま倒せそうだ。

「御門くん、今治すね。【ヒーリング】」

神楽坂さんが二度目の回復を使ってくれたおかげで身体の痛みが徐々に薄らいでいく。

「神楽坂さん、ありがとう。助かったよ」

直撃は避けたけど、ガーゴイルの一撃は想像以上に強烈だった。前回この一撃を食らっていたら危なかったけど、どうにかこのまま終わることができそうだ。

「ギョギョギョギョギョヨヨ〜〜！」

戦いの最中、覚悟を決めたのかガーゴイルが一際大きな声をあげた。

「末期の叫びってやつか？　まさか逃げたりしないよな。いや、だけどガーゴイルってこの人数でかかってやっとか」

「あとで襲ってこられても面倒だからここでしとめる」

「先輩方、気を抜かずにいきますよ。【ゲルセニウムバイト】」

野本さんの棘がガーゴイルの動きを抑え込み、残りの四人が一斉にガーゴイルめがけてスキルを発動した。

「これで決まりだろ」

「おいおい、フラグっぽいからやめとけって」

「大丈夫だって、ほら見ろよ。倒せたみたいだぜ」

集中砲火を浴びたガーゴイルは、変な心配をよそにそのまま消失した。

「倒せた〜俺もうスキル残ってない。ギリギリだった。ヤバかった〜」

「俺も。先輩たちいなかったらヤバかった〜」

「まあ、美味しいところはもらったし、終わりよければ全てよしじゃね」

「これで俺もガーゴイルスレイヤーか。就職に有利になるかも」

「いや、お前就職するの？　卒業してもセイバーでいいんじゃね。ガーゴイルスレイヤーでいけるでしょ」

「セイバーだっていつまでかわかんねぇし。どうせじわじわ減額されるか身体動かなくなったら終わりだし」

「お前、現実的すぎるだろ〜。こんな世の中じゃ今が大事だと思わね〜の？　今を生きようぜ！」

「俺、公務員志望なんだって」

強敵だった三匹のガーゴイルを倒したことで、みんな緊張から放たれ、ひと息ついている。

「神楽坂さん、大丈夫だった？」

「御門くん、それはこっちのセリフだよ」

「それは言えてるけど」

「ありがとう。怖いのは怖いけど御門くんたちにもしものことがあったほうがずっと怖いから」

自分も怖いのに俺のことを優先して考えてくれるとは、神楽坂さんはやっぱり大使か。

「私だって御門が吹っ飛ばされたのを見たときは心臓が止まるかと思ったんだからね」

「東城さんもありがとう」

「能瀬」

「ん？　大前どうかしたのか」

「あれ」

「あれ？　なんだ？　まだなにかあるのか？」

大前が外を指さしていた段階でなんとなくは察していた。

でも、まさかそんなことあり得ないだろうという気持ちもあって認めたくない自分がいた。

大前の指す先にはふたつの黒点が動いているのが見えた。

「おい、おい、おい。どうなってんだよ。あれもガーゴイルなのか？　なんでまたこっちに向かってきてんだよ。ふざけんなよマジで！　俺の【ファイアボール】も無限じゃねえんだぞ！　くそっ」

「もしかして、最後のやつが呼んだんじゃ」

「嘘でしょ〜あの叫び声〜？　俺は一匹倒してガーゴイルスレイヤーの称号はもう十分なんだって。もうやばいって」

冗談抜きでさっきの叫び声で仲間を呼んだとしか思えない。

明らかにこちらに向かって飛んできていて、その姿が段々と大きくなってきている。

「スキル切れたのは一人だけか？」

「俺もです」

「他は？」

「回数は減ってますけどまだいけます」

「私もまだ残ってます」

どうやら先ほどの戦いでスキルが切れたのは二人のようだ。

それならガーゴイル二匹は十分いける。

このメンバーでさっき三匹倒せたんだから焦る場面じゃない。

「大丈夫だ。ガーゴイルは二匹だけみたいだし、東城さんそっちに回って。二チームで当たれば問題ない」

「おい、御門仕切ってんじゃねえって。そんなこと言われなくてもわかってんだよ。一匹程度俺が消し炭にしてやるぜ」

俺の言葉で少し落ち着きを取り戻したセイバーたちは武器とスマホを手に新たなガーゴイルの襲撃を迎え撃つべく待ち構える。

「御門、気のせいかもしれないけどちょっと大きくない？」

「う、うん、そんな気もしなくはないけどまだ距離があるからなんとも言えないな」

近づいてくるガーゴイルの姿に感じた違和感。

東城さんも同様の違和感を覚えたらしい。

距離を考えても今向かってきている二匹のガーゴイルのサイズが先程倒した個体よりも大きい気がする。

それとなんとなく、身体の色もさっきのよりも赤茶けている気がする。

その違和感は、眼前へとガーゴイルが着地したのを見て確信に変わった。

「おいおいおい、なんか違うことないか？」

「いや、いや、いや、でけ～だろ」

「こいつ本当にガーゴイルなのかよ。色もサイズも違うぞ！」

明らかに今まで戦っていたガーゴイルとはサイズも色も違う。

一回り以上大きい。

確かに見た目はガーゴイルのものだが、その大きさのせいで感じる圧力は明らかに強い。

いや、見た目が少しくらい違っても俺たちのやることは変わらない。

「ギイイイイエエエエ〜」

その大きさに比例するように叫び声の大きさも凄まじく、ビリビリと空気が震える。

二匹の赤茶色のガーゴイルが、首を動かして俺たちの方をゆっくりと見回す。

そして、俺と目線が合うとニヤリと笑ったような気がした。

次の瞬間、ガーゴイルが爆ぜた。

いや、正確には爆ぜたと錯覚するような爆発的加速を見せ一気に迫ってきた。

「【ウィンドブラスト】」

大前がスキルを発動するが、確かに命中した風の弾丸を無視するかのように突進してきた。

「ふざけるなっ！」

スピードは先程倒したガーゴイルを上回っているが、警戒していたおかげでどうにか反応できる。

右手の地刃利を必死に振るうが、敵の勢いに押され弾かれてしまう。

「なっ」

「舐めんなぁ、俺の炎で燃えろ〜！　【ファイアボール】」

岸田の放った火球がガーゴイルを捉えるが、全く止まる素振りを見せることなく攻め立ててくる。

ガーゴイルの攻撃を必死に二刀で捌こうとするが、攻撃が重すぎて耐えきれない。

一撃を受ける毎、腕には関節が壊れてしまうかと思えるほどの衝撃が伝わってきて、筋肉が悲鳴を上げる。

二刀を最大限に使っても足りない。

どこかの剣豪が三刀流を使いこなしていた気がするけど、俺が顎の力でこの一撃を受けたら確実に顎が砕けるか、歯が全てなくなる以外の道はない。

手数も力も足りない。

「くっそおおおお～！」

コイツは完全にさっきまでのガーゴイルとは違う。

さっきまでのやつでもギリギリだったのにふざけるな！

身体が悲鳴を上げる。

きつい。

「御門くん、頑張って。【ヒーリング】」

神楽坂さんが後方からスキルを使って回復してくれる。

身体の乳酸が抜ける感覚があるけど、それもガーゴイルの攻撃を一撃捌くだけで効果が打ち消されてしまう。

全てが俺を上回っている敵を前に勝ち筋が全く思い浮かばない。

このまま押し切られて負ける。

いや、そうじゃない。

俺はあの日強くなると誓った。

こんなところでやられるわけにはいかない。

こういうときを乗り越えるためにダンジョンに潜ってレベルを上げたんだ。

「あああああああ～」

「御門だけじゃねえんだ！　俺を無視するな～！　【ファイアボール】」

必死に腕を動かす。

こうなったらもう気合いだ。

能力で劣るなら根性で勝ってやる。

「うおおおおおお～！」

この場は気合いで乗り切る。

「おおおおおお～」

そう決めて力を絞り出すが、ガーゴイルの圧力を前にして数合で限界が近づいてきた。

「くそおおおおおお～」

アドレナリン全開で吠えたが、これは気合いで越えられる壁じゃないかもしれない。

対応しきれなかった攻撃を何箇所かにくらってしまい出血もしてしまっている。

「強すぎなんだよ！」

「【ウィンドブラスト】」

え⁉

それは突然だった。

俺が限界を迎え、愚痴にも似た叫び声を上げたとほぼ同時にガーゴイルの動きが止まった。

「大前……」

ゼロ距離からの風の弾丸。

目の前のガーゴイルとやり合うのに必死で全く気が付かなかったけど、いつの間にか大前がガーゴイルの背後へと回り込んで、ゼロ距離からスキルを発動していた。

ガーゴイルも俺に気を取られていて気がつかなかったのか、無防備な状態で背中に大前のスキルをくらった。

「能瀬、岸田、今しかないぞ」

あまりの出来事に呆気に取られてしまい俺の動きまで止まってしまっていたが、大前の言葉で我に返り、右手に持つ地刃利をその場に手放すと左手に持つ蝦蟇斬りを両手で携え、身体ごとガーゴイルへと突っ込んだ。

片手ではコイツを断ち切ることはできない。

地刃利ではなく蝦蟇斬りを選んだのは、なんとなくガーゴイルはその響きと風貌からカエル属に近い気がしたからだ。

少しでも蝦蟇斬りの性能が発揮されるのを信じて刀身を突き立てる。

「グアッ」

硬い外皮を突き破り、手元に肉を抉る感覚が伝わってくるが、ガーゴイルが痛みに悶え密着状態の俺に向けその大きな口を開けた。

まずい。食われる。

「だから俺を舐めんなって言ってんだろうが！　【ファイアボール】」

「グバハァッ」

絶妙のタイミングで岸田が放った【ファイアボール】が大きく開いたガーゴイルの口の中に命中し、周囲に焼けこげた臭いが充満する。

ドンッ！

ガーゴイルの身体に振動が伝わり、俺のほうへと重みが加わる。

大前だ。

大前が背後から俺の渡した剣でガーゴイルを貫いたのが見えた。

「ガ、ガッツハッ」

「まだか」

大前、なんか陰の実力者みたいになってるけど冷静に「まだか」ってお前何者だよ。

それにしてもかなり弱っているのは間違いないのに、前後から貫かれてまだ消えないってどれだけ頑丈なんだよ。

「うおおおおおおおお～！　俺だ俺だ俺だ～御門～大前～絶対離すなよ～。死ねえええええ～！」

俺と大前に貫かれ完全に動きが鈍った赤茶色のガーゴイルに向かって岸田が飛びかかり、首と頭部を何度も剣で斬りつけた。

「さっさと死ね～！　オラあああ～！　死ね死ね死ね～！」

岸田が完全に悪役然としたセリフを口に出しながらめった斬りにしていく。

途中何度かガーゴイルが動き出そうとしたが、俺と大前が刃をねじ込み全力で留め、そして消滅した。

「オラアア～！　俺だ！　俺が討ち取ったぞ！　どうだ見たか～！」

岸田がうるさく騒いでいるが、さすがにつっこむ余裕も気力もない。

精根尽きたと思えるほどに先程までの戦いで出し切ってしまったので、本当はゆっくりと回復する時間が欲しい。

だけど赤茶色のガーゴイルを倒してもひと息つく間はなかった。

まだもう一方のチームが戦っていたガーゴイルが残っている。

「きゃあああ～」

「ぐあああっ」

「む、無理だ」

「ふざけんな！　マジで死ぬ」

野本さんの棘も引きちぎられ、三年の二人もボロボロだ。スキルを使い切った一年も剣を手に戦ってはいるけど相手にはなっていない。

このままでは、後方でスキルを発動している東城さんも危ない。

状況を見る限り俺たち以上に苦戦を強いられている。すぐにでもサポートに入らなければ、いつ全滅してもおかしくない状況に陥っていた。

「くそっレベルアップしてもたった2回じゃあれは無理だろうが！　ふざけんなよ。無理ゲーじゃねえか」

どうやら岸田はレベルアップしてスキルの回数が増えたようだが、残数2回か。

確かに赤茶色のガーゴイルを相手にするには心許ない。

逼迫した状況と濃すぎる疲労ですぐに気づくことはできなかったけど、岸田の言葉で意識すると俺自身の身体も少し軽くなっている気がする。

この感覚は今までに既に何回も味わったことがある。

レベルアップ。

俺は慌ててステータスを確認してみる。

能瀬　御門
LV9 ↓ 10
HP23／51 ↓ 29／57
ATK43 ↓ 47
VIT39 ↓ 42
INT3 ↓ 3・0
AGI54 ↓ 60
スキル【ガチャ＋0R0UR1】

やはりレベルアップしていた。

ついにレベル10。

レベル9に上がってからそれほど時間は経っていないけど、岸田もレベルアップしたようだし、やはりガーゴイルの経験値が高いのだろう。

レベルがキリのよい10になったからなのかステータスの伸びは今までで一番高い。

AGIに至っては60に到達していた。

そしてステータスがいくつか見慣れない変化を起こしていて突っ込みどころはかなりあるけど、
今はそんなことを突っ込んでいる暇はないので急いで新たなスキルを発動する。

【ガチャ】に新しく加わった【UR】これが俺の新しい力。

普通に考えてRの上位に位置する能力のはず。

おそらくは、今使っている武器よりも高性能な武器が手に入る可能性がある。

今の俺に最も必要な能力。

俺は急いでスマホをタップする。

【UR】これはさすがにソシャゲにそれほど詳しくない俺でもわかる。

「頼む！　当たってくれ！　【ウルトラレアガチャ】！」

…………。

なんだ。どうした。スマホの表示に変化がない。

【UR】の表示は1のまま。景品が当たった気配もない。

どういうことだ？

「なんで！　【ウルトラレアガチャ】！　【ガチャウルトラレア】！」

どういう事だ。

なんでなんの反応もないいんだよ！

ここで使えなきゃ意味がないんだ！

「【ウルトラレアガチャ】！　【ガチャウルトラレア】！　【ユーレアガチャ】！　【ウーレアガチャ】！

あ〜〜！」

頼む。反応してくれ！

みんなが戦っている眼前の光景に焦りが募る。

一刻の猶予もない。

「どうなってるんだ！　壊れてるのか！　【ユーアールガチャ】！　今なんだよ。頼む！　反応してくれ！　お願いだ！」

思いつく限りをあげてみたが全く反応しない。

あとはなんだ？　なにがある？　それとも本当にスキルが壊れてしまったのか？

ＬＲがレジェンドレアならＵＲはどう考えてもウルトラレアだろ！

う、う、う、う、う、羽〜。

「御門、こんなときになに遊んでんだ。俺は先に行くぞ！」

岸田、別に俺は遊んでるわけじゃない。必死に考えてる。これ以上ない程に真剣だ。

ダメだ。これ以上は全くなにも思いつかない。

ＩＮＴの高い奴なら思いつくのか？

こんなときにＩＮＴ３が足を引っ張るのか。

もうこのまま突っ込むしかないか。

やるしかないのか。

「オラあ〜！　お前ら〜俺が来てやったぞ！　もう一匹は俺が倒した〜！　俺に力を貸せ〜コイツも倒すぞ！」

岸田が赤茶のガーゴイルの前へと躍り出た。

岸田だけじゃ無理だ。どう考えても岸田に前衛をできるだけの強度はない。

「御門くん、もしかして新しい能力が？」

「神楽坂さん、だけどダメだ。ダメなんだ。全然反応してくれない」

「URだよね」

「ああ、そう。UR。思いつく限りやってみたけどダメなんだ」

「御門くんの声は聞こえてたから、UR、UR、UR……Rはレアで間違いないと思うけど、Uがウルトラじゃないとすれば。う〜んウルトラじゃないとすると……もしかしてユニーク？」

「ユニーク？　ユニークレア？　それだ！　頼む！　頼んだぞ！　【ユニークレアガチャ】‼」

俺は祈るような気持ちで声を上げタップする指に全神経を集中させた。

俺の人差し指がスマホの画面をタップした瞬間、それまで変化のなかったスマホの画面の表示が変わった。

「引けた……」

スマホの画面に表示されていた【UR1】が【UR0】へと変化していた。

さすがは神楽坂さん。俺よりINTが高いだけのことはある。

いや、今重要なのはそこじゃない。

あの赤茶色のガーゴイルを倒す助けとなる武器が当たったかどうかだ。

この場で松阪坂牛A5ランクとかがたとえ十キログラム当たったとしてもなんの役にも立ちはしない。

祈るような気持ちで画面表示を見る。

「え……」

予想外の画面表示に俺は言葉を失ってしまった。

「御門くん？」

「あ、ああ……これって」

『フェアリー』

【ガチャ】の景品として新たに表示された文字は確かにそう読める。

フェアリーって。

それほどゲームとかに詳しくない俺でも知ってはいる。

いわゆるアニメやゲームに出てくる妖精みたいなキャラのことだ。

それはわかる。

わかるけどガチャの景品にこれが表示された意味がわからない。

これをタップすればフェアリーが出てくる⁉

フェアリーってあのフェアリー？

いや、仮にフェアリーが本当に排出されたとしてガーゴイルとの戦いに役立つのか？

わからない。

「ぐあああっ」

わからないことだらけで頭が混乱してくるが、俺が混乱している間にも岸田がガーゴイルに吹き飛ばされたのが見えた。

一刻の猶予もない。

正直、頭が混乱して訳がわからないけど景品である以上マイナスに働くことはないだろう。

どちらにせよこのままでは厳しい。

不安と希望と混乱が混じったまま俺はスマホに表示されたフェアリーの文字をタップした。

そしてそれはなんの前ぶれもエフェクトもなく現れた。

「本当に出た。生きてるのか？」

信じられないことにそれは二十センチほどの大きさで背中の羽根で宙へ浮き、現実離れした若草色の髪と瞳をしていて、確かに人と同様の姿形を備えているように見える。

羽根が動き、瞬きしているのを見る限り作り物には見えない。

「俺の言うことがわかるのか？」

「J˚◆、ᐟ✧□⌘ ˚★★□ ⌘ɷ, ℘ ꙮ‡.」（ご主人様お会いできて嬉しいです）

「え……」

「ᑭJ℘□⧖ᐟ□ ⌘ɷ‡ ˚ᐟ℘□★‡℘ ★ꙮ★˚ ɷ?·」（あれはご主人様の敵ですか？）

やばい。なにか聞いたことのない言葉を喋っているけど、全く理解できない。

しかも、このミニチュアサイズのフェアリーがあの大きなガーゴイル相手に役立つとはとても思えない。

「こんなことって……」

この瞬間、俺の希望は潰えた。

もう、猶予はない。

「御門くん、それって……」

「ああ、気になるとは思うけど今はどうしようもないんだ。神楽坂さん、俺に回復を。突っ込む」

「だけど……わかったよ。がんばってね。【ヒーリング】」

神楽坂さんのスキルと言葉に癒され、宙に浮くフェアリーの横を抜け、岸田に続きもう一匹のガーゴイルとの戦いへと参戦した。

「東城さん！　大丈夫か！」

「御門、あいつ強すぎる。私のスキルじゃ仕留めきれない」

「ああ、わかってる。俺が相手をする。援護してくれ」

俺は、ガーゴイルへと走り交戦する。

レベルアップした恩恵で、さっきよりもわずかだが反応速度が上がり、ガーゴイルの動きがどうにか追える。

必死に両手足を動かしてガーゴイルの攻撃をいなす。

わかってはいたことだけどやはりすごい圧力だ。

時間もなく他に選択肢もないので無策に突っ込んではみたけど、やはりコイツは俺より強い。

「二年生だけにいいカッコさせられるかよ」

おそらくスキルが尽きたであろう先輩も、武器を手に俺の横に立ちガーゴイルを牽制してくれる。

先輩たちの助けを得てどうにかガーゴイルの攻撃を凌ぐことはできているけど、反撃するまでは手が回らない。

さっきと同じだ。

このままなら俺の体力が切れるのが先なのは明らかだ。

「⌘⁺ ✦、⋆ℓ ℓ ⌘ɞ ⌛ɞℓ ✦ ♪ꕥ⁺.」（ご主人様にご加護を）

後方からフェアリーが発したと思われる意味不明の言葉が聞こえてくると、俺の身体が淡い光に包まれ、それと同時になぜか力が湧き上がってくるような不思議な感覚を覚える。

先程まで一撃凌ぐたびに痺れるような衝撃を受けていた腕が、ガーゴイルの　撃をなんなく凌げている。

そして極限の集中でどうにか追うことができていたガーゴイルの動きが今ははっきりと見える。

この不自然な状況。

考えられることはひとつしかない。

フェアリーの力。

喋っている言葉は全く理解できないけどフェアリーが俺に力を貸してくれている。

そうとしか考えられない。

「うおおおおおおあ～！」

蝦蟇斬りを持つ手に力を込めハンドスピードを上げる。

ガーゴイルの攻撃を凌げるようになった俺のスピードは近接においてガーゴイルのそれを超え、手数で押し返し始める。

「ꕥꕥ⌗⋆ ⌘ɞ‡◆‡⋆♪ ⋆‡⌘ ⁺⋆ɷ⋆♪ ⌘ɞ‡ ⋆ꕥ⋆∘ꕥ⋆ℓ.」（ご主人様に敵を倒す大いなる力

を）

再びフェアリーの声が聞こえてくると、俺を包んでいた光が強まり、俺自身のステータスが更に引き上げられたのを感じる。

今の俺は完全にガーゴイルを凌いでいる。

「グガッ」

徐々に俺の攻撃がガーゴイルの皮膚と肉を捉えて削いでいく。

「おい、おい。急になんだ？　スキルが覚醒とかしちゃった系？　髪は逆立ってないけど全身から気かなんか吹き出して完全にスーパー地球人状態じゃね？」

先程よりも余裕ができたおかげで横にいる先輩の声もハッキリと聞こえてくる。

先輩、スーパー地球人ってそんなのいる訳ないでしょ。

そんなのになれるんだったら、手からなんか出してガーゴイルなんか一瞬で消し飛ばしてるって。

先輩の妄言をよそにガーゴイルを追い詰めていく。

「【ウィンドブラスト】」

今度は引き上げられた感覚のおかげもあり、わかっていた。

完璧とも言えるタイミングでの大前によるゼロ距離攻撃。

ガーゴイルの動きが止まるのにタイミングを合わせ、俺は蝦蟇斬りでガーゴイルの首を落とした。

一匹目はあれほど硬質な抵抗を感じていたのに、今度はそれほど苦もなくスパッと斬れた。

「ふ〜終わった。倒した〜」

今度は仲間を呼ぶような素振りもなかったし、これで終わっただろう。

「御門くん、光ったままだよ」

「御門、舞歌の言う通りまだ光ってる。本当に違うバトル漫画っぽくなってる。それにその背後にいる小さいのはなに？」

ガーゴイルの首を落としたのに、俺の発光現象はまだ収まっていなかった。

もしかして自分の意志で解除できない系か。

奇跡的にガーゴイルを倒すことに成功したけどもう無理だ。まさか次はないよな。

みんながみんな満身創痍と言える状況。

いや、大前は比較的普通か？

それと俺はまだ光っているからか、疲労感は薄い。

そう考えるともうちょっとならいけるか？

それにしてもガーゴイルはゴブリンと比較にならないほどに強かった。

しかも後からやってきた赤茶色のガーゴイル、いったいなんだったんだ？

大きいだけじゃなく強さも明らかに一段上だった。

格上。

そう表現するしかない相手だったがどうにか倒すことができた。

俺と大前以外は満身創痍だけどみんな無事。

生きている。

ある意味それだけでも俺たちの勝ちだ。

みんな、モンスターがいなくなったその場へと腰を下ろしてはいるが、その視線は一箇所。

いや正確には二箇所に集中していた。

「御門、それって本物？」

東城さんが宙を舞うフェアリーを指さしながら聞いてくる。

「たぶん」

「もしかして妖精だよね？　初めて見た」

東城さん、俺だって初めて見たよ。ほとんどの人が見るのは初めてだと思う。

「御門、お前のスキル召喚だったのか！　マジかよ！　マジで召喚士っているのか！　それならそうと言えよ！」

「い、いや、ち、ちが」

「その光ってるのは、その妖精の力かよ！　かっけ～な」

「目立ちすぎてターゲットにされそうだな」

「大前……」

岸田がうるさいのと大前はこの状況でも平常運転だ。

「ꕤ⁘✦‡ꕤ✦⋆ꕤ℘ ℰ⋆‡ⵘ෴✧⋆ꕤ ꩜ꕤ℘.」（ご主人様、お役に立てて光栄です）

「おおっ、なんか喋ったぞ。すげ～、すげ～よ、妖精さん」

「御門はなんて言ってるのか理解できるの？」

「いや、全くわからない」

「そうなの⁉　それじゃあどうやってコミュニケーションとるの？」

「俺が聞きたいくらいだよ」

「それはそうとこの子どうするつもり？　このままずっといる感じ？」

「いや、それはそれでまずい気がする」

こんなリアル妖精さんがずっといて、いいことが起こるイメージは全く湧かない。

最悪、捕まって解剖とかもありえる気がする。

そうだ。【ガチャ】のストレージに戻せばいいんだ。

俺は、急いでスマホをポケットから取り出して表示をタップしてみる。

「あれ？」

スマホの画面をいくらタップしても妖精さんが消える様子はない。

もしかして【Uレアガチャ】の景品は戻せないのか？

いや、生き物が戻せないのか？

どちらかわからないけど、とにかく戻せない。

「先輩、写真撮ってもいいですか？」

「え？　俺の？」

「いえ、その子の」

「あ、ああ。別にいいけど……」

やばい。

掲示板に召喚士のネタがあったけど、召喚したモンスターとかがその後どうなったのかは触れていなかった気がする。

もしかして、召喚って一方通行なのか？

よく異世界転生で戻れないとか設定があるけど、それと同じで喚んだら戻せないのか⁉

まずい。

しかもこの妖精さん、言葉が全く通じないので、どうすることもできない。

俺の心配をよそに野本さんがフェアリーを撮り始めると、他のセイバーたちも加わり即席の撮影会が始まってしまった。

フェアリーは何も言わないし言ってもわからないけど、嫌な素振りもなく撮られているので問題はないのだろう。

そしてなぜか光っている俺まで被写体となってしまっていた。

盛況のうちに無事撮影会は終わったものの俺はやっぱり発光したままで、目の前にいるフェアリーの今後の取り扱いもどうしていいかわからず、困っていると、

「𝓙、ꕥ⧺€ノ⧺ꕥ ℓ ⋆⋆ആ◆ ꕥൾ◆ ノ ആ.」(またお会いできることを楽しみにしています)

またフェアリーが理解不能の言葉を発し、そしてその場から消えてしまった。

「消えた？」

それと同時に、俺を覆っていた光も消え去った。

俺は慌ててスマホを確認するが、景品の欄にあったフェアリーの表示は『フェアリー０』となっていた。

これってまた喚び出せるようになるってことか？

今までの景品は表示自体が消えていたので明らかに異なっている。

「消えたね」

「ああ、消えた。なに話してるのかは全くわからなかったけどとにかく助かった」

それからしばらくの間なにか起こらないか待ってみたけど、それ以上はなにも起こらなかった。

「終わった〜」

これで本当の意味でホッとできる。

どうやらあの発光現象は一時的に力を得ることができたけど、過剰に負荷がかかるのか全身がだるい。

でもこれで本当に全部終わったらしい。

みんなで力を合わせどうにか撃退することができた。

レベル9になってダンジョンでもそこそこやれていたので、それなりに強くなった気でいたけど、まだまだダメだった。

ガーゴイルは強かった。

あの赤茶色のガーゴイルは更に強かった。

最後、フェアリーの助けがなければどうなっていたかわからない。

本当にギリギリだった。

全然足りなかった。

「御門、ありがとう」

「え？　東城さん、なにが？」

「なにがって、結局ガーゴイル倒してくれたの御門でしょ」

「あぁ……」

「なにその反応、もしかして自分はまだまだとかって思ってたりする？」

「いや、まあ」

「御門がまだまだだったら、私も他の人もまだまだまだまだだって。御門がいたからみんな無事なんだからね！」

「そうかな」

「そうよ、ねえ舞歌」

「うん、御門くんがいるからわたしも頑張れたんだよ。最初は怖くて身体が動かなかったけど、御門くんが戦ってる姿を見てわたしも頑張らなきゃって」

「そう？　いや〜そんなことないと思うけどな〜」

自分の力不足に結構落ち込み気味だったけど、東城さんと神楽坂さんが励ましてくれたおかげで気分が上がってきた。

今回そうであったように、強力なモンスター相手に一人じゃ無理だ。

みんなで強くならなくちゃダメだ。

東城さん、神楽坂さん、それに向日葵と一緒に頑張ろう。

「いて〜なくそっ、まだ身体がいて〜。俺が倒す予定だったのに御門も余計なことしてくれたもんだぜ。まあ俺の【ファイアボール】でかなり弱ってたとは思うがな」

「先輩……」

555
新情報だぞ。知り合いのゴブリン召喚士、ゴブリン死んだら召喚できなくなった
556
どゆこと？　召喚できるのはその個体だけだったたってこと？
558
よくわからんが、そういうことだろうな。不特定ゴブリン召喚じゃなくてゴブリンA召喚スキル
だったたって事だろ
560
ゴブリン召喚士がゴブリン死んだら召喚できなくなるってＷＷＷ
561
いや笑えん。スキルが使えなくなったってことだろ。これって召喚士だけか？
563
ちょっと待って。俺もスキル使えなくなる可能性があるってこと!?
564
その可能性はある
566
マジか！　スキル使えんでもセイバー首にはならんよね
567
微妙だがステータスは残ってるからな

568
俺レベル1
569
頑張れ
571
俺もうセイバー以外の仕事は無理よ。サラリーマンやめたす
573
お店に使うお金がいる。月百万はコミット
575
月百万は使いすぎだろ
576
マジな話、条件次第でスキルによっては使えなくなるかもな
578
スキル使えない俺はタダのニート
579
今のうちにダンジョンで稼いどくのが正解か
580
召喚士といえば、妖精さんの画像見たか？
581

妖精さん？　なにそれ。くわしく頼む
583
どっかの召喚士が喚んだ妖精さん
584
マジ⁉
586
セイバー　光る妖精さん　召喚　で引いてみ
588
マジか！　みてきたけど本物か？　本物の妖精さん⁉　動いてるけど本物？
590
俺もみた。妖精召喚⁉　そんなスキルあんのか⁉　ヤバい。あれはヤバすぎる。髪が緑だぞ⁉
瞳も緑！　リアル妖精さん‼　なにあれカワイイ‼
591
ヤバいヤバいヤバいヤバいヤバい。俺の嫁見つけた！
592
いや、お前がヤバい。キモ
594
確かにヤバかわだけど、なんで光る妖精さん？　別に光ってなくね
596

動画の一部に光ってる奴が写ってる。後ろ姿だけだけど
597
光ってるって霊的なやつ？　エクトプラズム？
598
いや、普通に光ってる
600
妖精さんに釘付けで見逃してたわ。確かに端っこに光ってる奴がいる
601
制服っぽいし高校生か。だけど光ってるのなに？　発光スキルか？
603
発光スキルってなんなの？　停電の時に役立つアレか？
604
発光スキルっていうかアレっぽくね。スーパー地球人。気とかオーラが立ちのぼる的な
606
待て待て。じゃあこの発光学生は野菜の星から来たのか？　まさかの宇宙人説⁉
607
いや、マジでないことはない。妖精さんだぞ。ゴブリン出るんだぞ。宇宙人さんがいても俺は驚かん
609

妖精さんと宇宙人さん、レア度で言ったら断然妖精さんだよな。そう考えると宇宙人説が急に真実味出てきた

610
妖精さんと発光宇宙人さんがいる動画って……世界観ぶっ壊れてね？

612
それじゃあ映ってるの野菜の星の発光宇宙人さんで決定でおｋ

614
妖精さんに発光宇宙人さんにゴブリン。やっぱ魔王とかいるんじゃゃね

616
レア度でいくと　妖精さん　＞発光宇宙人さん　＞魔王　≫ゴブリン

617
納得。やっぱ魔王いるわ。レア度低いもん

ガーゴイルを退け、またいつもの生活が普通に戻ってきた。

いつガーゴイルのような強いモンスターが襲ってくるかわからないので更なるレベルアップは必須だ。

落ち着いてレベル10になったステータスを確認してみる。

実は戦いの最中でも気になってはいたけど、あのときはそんな余裕がなかった。だけどやっぱりおかしい。

能瀬　御門
LV10
HP57
ATK47
VIT42
INT3・0
AGI60
スキル【ガチャ+2R4UR1】

AGIは60に届き今まで以上にスピード偏重のステータス。

まあ俺の体型でパワー重視というのも無理があるので、これは自然なことかもしれない。

問題はINTだ。

今まで固定かと諦めてしまいそうになる程3から変動のなかった表示が3・0へと変化していた。

3・0も3と同じことなので成長したわけじゃないけどコンマ0が表示されたということは、固定ではなくコンマの部分で成長が見込めるということではないだろうか。

ただ今の段階で3の中でも一番下だというのは少しショックだ。

向日葵や神楽坂さんたちのステータスを聞く限り、ＩＮＴも上昇値の最小は1。

俺の場合0・1～0・9ということなのか？

俺の中にはＩＮＴ3で固定という絶望的な状況から抜け出せるかもしれないという嬉しさの反面、他の人の十分の一しか上昇しないかもしれないという焦りの両方が去来した。

とにかく次が勝負だ！

0・1ではなく0・9が出てくれることを祈るのみ。

それにしてもどうして俺だけＩＮＴの成長が遅いんだろうか。

もしこの世界に神様がいてこの不思議なステータスも神様によるものだとしたら、俺にだけ意地悪しているとしか思えない。

そして【ガチャ】にも変化があった。

ＵＲの使用回数は1回。

それと同時にノーマルというか最初からあった【ガチャ】4回分の表示は2回へと減少していた。

どうやらＵＲにランクアップすると同時に、ノーマル分は回数が半分となってしまったらしい。

そしてあれから三日経過したがＵＲの表示は0のままで、今日になってようやく1へと変化した。

まだ一度しか使用したことがないので、もう少し使ってみないとわからないけどＵＲは毎日は引けないのかもしれない。

そしてフェアリーの表示は0のままだ。

なので今現在引くことができるのは、毎日通常の【ガチャ】が2回にRが4回。何日かに一度だけＵＲが引けるらしい。

以前よりも回数が減ってしまったので引く楽しみは少し減ってしまったけど、待って引くのもそれはそれで楽しみだ。

質より量なんて言葉もあるけど、やっぱり質も大事だよな。

「よし！　引いてみるか！」

ようやく回数が回復したのでとりあえず今日は2回目のURを引いてみよう。

妖精さんはまだ表示0のままなので、また当たらないと会えないのかもしれないが、あの言葉の通じない妖精さんには感謝だ。

今までにこんなことはなかったし、URの景品だからなのかそれともURの生物が特別なのかもしれない。

いずれにしても時間とともに消えてしまったので、以前出たスッポンも知らない間に消えてしまった可能性は高いかもしれない。

「よし！　それじゃあいくか。【ユニークレアガチャ】」

俺は声をあげて【Uレアガチャ】をタップする。

URの表示が1から0へと変化しスマホには景品が表示された。

『SFP10』

「なんだこれ」

なにかが当たったのはわかるが、見たことのない名前に戸惑いを覚える。

フェアリーは読んでわかったけど『ＳＦＰ10』は全くわからない。

記号なのか暗号なのかアルファベットと数字の並びに全く見当がつかない。

表示された名前で中身がわからない。

これは一番困るパターンだ。

もし仮にフェアリーの親戚とかだとしたら、今喚び出しても無駄に消えてしまうかもしれない。

一番はダンジョンに潜るまでストックしておくのがいいのかもしれない。ただ、いざ使用するときに使えない景品だったらそれもまずい。

ＳＦＰ。Ｓはおそらくスーパーだろう。それならＦはファイティングか？

いや、ファーストかも知れない。

その流れでいくとＰはパワーで間違いなさそうだ。

スーパーファイティングパワーかスーパーファーストパワーどちらにしてもスーパーな感じがする。

しかも最後についている10。

普通に考えるとＶＥＲ10か十倍の意味だろう。

スーパーの十倍。ファイティングでもファーストでもとんでもないことになりそうだ。

「お兄ちゃん、なんか難しい顔してどうかしたの？」

「いや、さっき【Ｕレアガチャ】２回目を引いたんだ」

「もしかして妖精さん出た？　わたしも会ってみた～い」

「いや、それが『ＳＦＰ10』ていうのが出たんだ」

「『SFP10』ってなに？」

「いや、わからないけど、多分栄養ドリンク的なやつじゃないかな」

「栄養ドリンク？」

「多分スーパーなやつ」

「ふ～んそうなんだ。それじゃあ出してみるしかないんじゃない」

「そうだよな～」

「栄養ドリンクより妖精さんだったらいいのにな～わたしも一緒に写真とか撮りた～い」

まあ、『SFP10』がダメでも、武器はまだまだストックがあるから困ることはないだろうし、得体の知れないのを戦闘の最中にいきなり出す勇気は持ち合わせていない。

俺は思い切って『SFP10』をタップしてみる。

スマホの表示が消えてそれが姿を現した。

「こ、これって……」

「お兄ちゃん、これってまさか……」

俺の目の前に現れた『SFP10』は俺の予想の完全なる斜め上を行っていた。

だけど、これって大丈夫なのか？

「お兄ちゃん……」

「ああ、『SFP10』って栄養ドリンクの略じゃなかったのか」

完全に俺の予想は外れてしまった。誰がこれを予想できただろうか。

俺は目の前に現れたそれを恐る恐る手に取ってみる。

「重いな」

それは、冷たくそして見た目以上に重量がある。

「本物……だよね」

「たぶん」

実物を見るのは初めてなので、本物かどうかの判断はつかないけど触った感じおもちゃとも思えない。

なんとなくだがテレビなんかで見たことあるので使い方はわかる。

グリップを持ち構えてみる。

実際に構えるとかなり大きい。

「お兄ちゃん、それ撃てるの？」

「いや、これここで撃ったらやばいって」

「そうだよね。弾って入ってるの？」

「これが弾じゃないか？」

俺の手には銃と思しき武器らしきものが握られており、それとは別に弾らしきものが入った小ぶりの箱があった。

どうやら『ＳＦＰ10』というのはこの手にある銃らしき武器のことだったらしい。

今までも、剣に類する武器はいっぱい出たが、飛び道具はボウガンくらいだった。

まだ、剣やボウガンはなんとなく馴染みがあったけど、銃は完全に別世界のものに感じてしまう。

箱の中の弾を確認するとちょうど六十発あるようだ。

弾だけ買いにいけるような代物ではなさそうなので、つまりはこの銃は六十発限定の武器ってことだ。

六十回しか使えないとも言えるが、本当にこれがリアル銃なのだとしたらその一発一発がモンスターであっても致命傷たりえるダメージを与えることができるはずだ。

あの赤茶色のガーゴイルであっても、銃の弾を避けるなんてことはできなかっただろうし、命中すれば致命傷を負わせることも可能だったかもしれない。

ヤバい……。

そう考えると、妖精さんには感謝しかないけど妖精さんよりずっと有用な当たりなんじゃないのか？

いや待て。

妖精さんは消えてしまった。

もしＵＲの景品が全て時限だったとしたら、もう少しすれば消えてしまう可能性もゼロではない。

その可能性があるなら早く使ってしまったほうがいいのか。

「お兄ちゃん、どうするつもり？」

「今からダンジョンに潜ってくる！」

「お兄ちゃん、ダンジョンに一人で潜るつもり？」

「いや、それは……」

「も～しょうがないんだから。わたしも一緒に行ってあげる」

「向日葵！」

ああ、やっぱり向日葵は俺のかわいいかわいい妹だ。

天使級だ。

「見たいテレビを我慢して付き合ってあげるんだからね。そうだ、お兄ちゃん、この前かわいいワンピース見つけたんだ～」

「任せとけ。お兄ちゃんが買ってやるから」

「お兄ちゃん大好き～」

向日葵と約束を交わし一緒にダンジョンへやってきた。

二人で奥まで行くのは危険なので一階層で『ＳＦＰ10』を試してみることにする。

いきなりゴブリン相手に使うことも憚られるので、誰もいないオープンスペースで試してみる。

カチッ！

テレビや映画で見たことのある形に近かったので、それほど取り扱いに戸惑うことはなかった。

両手でしっかり構えて恐る恐る引いてみる。

「あれ？」

トリガーを引く乾いた音だけがしてなにも起こる気配はない。

「お兄ちゃん、それ弾が入ってないんじゃない？」

「あ、ああそうか」

弾が入っているとばかり思っていたが、どうやら空だったようで弾を装填する必要があったらしい。

危なかった。ぶっつけ本番で使わなくて助かった。

俺は弾の入った箱から一発分だけ取り出してマガジンに装填してみた。

これで撃てるはずだ。

再び銃を両手で構えトリガーを引く。

バンッ！

今度は破裂したような高い音と共に銃を支える手と腕にかなり強めの反動が伝わってきた。

「撃てた……」

俺はレベルが上がっているので大丈夫だけど、普通の人が撃ったら絶対怪我するんじゃないか？

思った以上に危険だ。

「やっぱり本物なんだ」

「ああ、間違いなく本物だろうな」

「お兄ちゃん、セイバーって銃は大丈夫なの？　捕まったりしない？」

「銃刀法に縛られないってくらいだから大丈夫だろ。銃はあんまり想定してなさそうだけど」

「なら、いいんだけど、いきなりお兄ちゃんが逮捕されてテレビとかに出るのは嫌だからね」

ああ、やっぱり向日葵は優しいなぁ。お兄ちゃんのことを本当に心配してくれてるのがわかる。

「ワンピース、買いに行くんだから。捕まったらだめだからね」

「ああ、わかってる」

理由は聞かないでおこう。

「じゃあ次はこれを狙ってみる」

俺は家から持ってきた雑誌を地面に立てて的にしてみた。

本当はもっと上の位置に置きたいけど、さすがに台までは用意してないので仕方がない。

再び弾を装填してから姿勢を低くして、しっかりと狙いを定めトリガーを引く。

バンッ！

破裂音とともに今度も問題なく発射されたようだが、雑誌には一切変化が見られない。

「お兄ちゃん？」

「しっかり狙ったつもりだけど、掠りもしなかったみたいだ」

まあ、現実はそんなに甘くない。

いくらレベル10になったとはいえ、銃に触ったこともなかった俺がいきなり的に命中させるなんてことはなかった。

俺がどうにか的に当てることができたのは、それから七射目のことだった。

「当たった。これ完全に貫通してるな」

結構分厚い雑誌にしっかりと穴が空いている。

これが通常のモンスターなら完全に一撃死だ。

やっぱり銃はヤバいな。

いわゆるチート武器だ。

それから何発か撃ってみて、それなりに的に当たるようにはなってきた。

ただし、これは止まっている的にしっかりと狙いをつけて撃った場合だ。

正直動いているモンスターに動きながら当てる自信はない。だけどこれ以上練習を重ねると弾がなくなってしまいそうなので、このあたりで切り上げることにする。

「そろそろ戻ろうか」

「お兄ちゃん、もうやめるの？　わたしも試しに撃ってみてもいい？」

「え⁉　向日葵も撃つのか？」

「お兄ちゃんがやってるのみてたら、わたしもやってみたくなっちゃった」

普通に考えてセイバーでもない中学生の向日葵が銃を扱うのは問題がある気がするけど、俺たちと一緒にダンジョンに潜っている以上危険はある。

なにが起きるかわからないし、今練習しといて無駄にはならないか？

むしろ俺のいるところで練習しておいてもらった方が安心かもしれない。

多少の抵抗感はあるものの、世界を取り巻く現状の厳しさはそれを軽く上回っているので向日葵にも練習してもらうことにする。

「わかった。だけどしっかり両手で持って絶対に人に向けちゃダメだからな」

「そんなの当たり前でしょ。お兄ちゃんわたしのことなんだと思ってるの？」

「いや、わかってるならいいんだ」

俺は慎重に『ＳＦＰ10』を手渡す。

「重～い。これが銃なんだ。これをこうやるんだよね。うんわかった。それじゃあ撃ってみていい？」

「ああ、最初は当たらないと思うから焦らず慎重にな」

「わかってるって。それじゃあいくね」

バンッ！

向日葵は手に持った銃で狙いをつけると、躊躇することなくトリガーを引いた。

「……」

「お兄ちゃん、当たっちゃった〜。これ結構楽しいかも」

「あ、ああ」

「もう一回やってみてもいい？」

「あ、ああ」

「それじゃあいくね〜」

バンッ！

「楽し〜ぃ。コツがわかったかも」

「あ、うん」

嘘だろ。

確かに向日葵もステータスが発現しているので銃を撃つのに十分な力はあると思うけど、初めて撃ってなんで当たるんだ？

俺は何発も撃ってみてようやくだったのに、なんで向日葵はあっさり当てることができてるんだ。向日葵すごくないか？

そもそも銃って初めてで的に当たったりするものなのか？

比較対象がなさすぎて、俺がダメなのか向日葵がすごいのかいまいちよくわからない。

ただひとつわかったことがある。

実際に戦いの場ではこの『ＳＦＰ10』は向日葵が使ったほうが有用なのは間違いない。

普段から持たせるようなものではないので【ガチャ】のストックに戻しておいて、いざというときには向日葵に渡そうと思う。

ちなみにこの『ＳＦＰ10』は一日経過してもスマホの表示から消えることはなかった。

そして妖精さんは戻すことはできなかったのに『ＳＦＰ10』は普通に戻せた。

もしかしたら妖精さんは特別枠だったのかもしれない。

向日葵と一緒にＳＦＰの練習をしたもののまだ一度も実戦で使ってみたことはない。

使う機会がないし、使わなくても普通にダンジョンには潜れるからだ。

そして、ガーゴイル戦で力不足を痛感した俺が選択したのは、結局ダンジョンでのレベル上げ。

今までとなにも変わらないけど、レベルを上げる以外に強くなる方法がない。

第二のスキルに目覚めるとか都合の良いことが起きればいいけど、そんなことは起こるはずもない。

東城さんと神楽坂さんも、あのガーゴイル戦で感じたことは同じようでダンジョンでのレベル上げに賛同してくれた。

「御門、そっちに行ったよ」

「ああ、まかせてくれ。うおおおお〜！」

俺は手に持つ『雷切《らいきり》』をモンスターに向け振るう。

雷を纏った刃は光速で走りリザードマンの硬い外皮をあっさりと破り斬りふせる。

これも【Uレアガチャ】で排出された武器のひとつだけど、これを手に入れたことで二刀流は一旦やめている。

明らかに一段上の武器の特徴を最大限活かすためには片手よりも両手で扱った方がいいとの判断からだ。

そしてもうひとつ大きな変化があった。

「【ゲルセニウムバイト】」

「紬ちゃん、ありがとう。やああああ〜！」

一年生の野本さんが俺たちのパーティへと加わった。


「先輩、ちょっとよろしいでしょうか」

「実はおりいって先輩にお願いがあります」

学校で、野本さんに呼び出され真剣な眼差しでそう言われたときには、完全にキタ～と思ってしまった。

『告白』。

後輩の女の子がこんな真剣な顔で先輩である俺に声をかけてくる。

それは青春の一大イベント。

それしかないとそのとき俺は本気で思ってしまった。

「私、この前のガーゴイルに対してなんにもできなかったんです」

「うん」

「あの赤茶のガーゴイル倒したのって実質先輩じゃないですか」

「ああ、まあ」

「先輩が戦ってるのを見て思ったんです」

『カッコいいって』

そんな風な言葉が続くのかと盛大に勘違いしてみたが違っていた。

「このままじゃいけないって。先輩みたいに強くならなきゃいけないって」

「あ、うん」

「だから、私を先輩のパーティに入れてもらえないでしょうか?」

「あっ……そういう」

「ダメでしょうか？」

「いや、ダメってことないけど。他のメンバーにも一応聞いてみないといけないかな」

「東城先輩と神楽坂先輩には先に許可をとりました。あとは先輩と先輩の妹さんだけなんです」

「ああ、そうなんだ。それじゃあ妹には今日帰ったら聞いてみるよ」

「はい、お願いします」

東城さんと、神楽坂さんにいつの間に許可をとったんだ？

二人からなにも聞かされてないけど、内緒にしてたのか。

少しアオハルを期待してしまった自分が恥ずかしい。これが勘違い野郎ってやつか。

家に帰ってすぐに向日葵に話をする。

「向日葵、ちょっといいか？」

「なにお兄ちゃん？　なにかお土産？」

「いや、お土産はないけど」

「ふ〜ん、それじゃあどうしたの？」

「相談があるんだ。うちの学校の一年生に野本紬さんて女の子がいるんだけど」

「なに？　お兄ちゃんその子のことが気になるの？　舞歌さんたちがいるのに」

「いや、神楽坂さんたちと関係ないと思うけど、そうじゃない。彼女もセイバーなんだけど、俺たちのパーティに入りたいって言われたんだ」

「へ〜っ、だけどなんで？」

「この前言っただろ、ガーゴイルの件。彼女もそのときいたんだけど、もっと強くなりたいから一緒にダンジョンに潜りたいんだそうだ。東城さんたちにはもう許可をとってあるらしいから、向日葵次第なんだ」

「英美里さんたちがいいならわたしが断るわけにいかないじゃない。どんな人？」

「かわいい人？」

「お兄ちゃん語彙力」

「黒髪細身」

「お兄ちゃん……もういい。じゃあ次から五人で潜るのね」

「ああ、そうしてくれると助かるよ」

こうして野本さんのパーティへの加入が決定した。

さっそく翌日野本さんにその事を伝えるとかなり喜んでくれた。

次の日から放課後一緒にダンジョンに潜ることになったが、今までパーティを組んだことのなかった野本さんにとっては初ダンジョンだった。

潜ってすぐはゴブリンが集団で襲ってくるので、驚いているようにも見えたけど次第に順応してパーティの後衛に入りつつ武器での戦闘経験を積むこととなった。

野本さんの【ゲルセニウムバイト】は攻守備えた優秀なスキルだが、他のスキル同様回数縛りがきつい。

攻撃スキルを持たない神楽坂さんが最後尾につく以上、彼女にはその前で直接的な武器を扱ってもらう必要がある。

これは東城さんも同様だ。

本当なら女の子は全員後衛で今までのようにボウガンなどで対応してもらいたかったけど、レベルアップするために更に先へと進むことを考えると前衛が俺だけでは正直厳しい。

神楽坂さんを除く三人には比較的軽めの武器を渡してある。

「紬ちゃんが入って影が薄くなりそうだから私も頑張らないとね」

「いや、メンバーが一人増えたからって東城さんの影は薄くならないって」

「そうだといいけど、ね、やっ！」

東城さんは運動神経がいいのか話す余裕を見せながらリザードマンに斬りかかる。

トシュッ！

ダメージを受けたリザードマンを神楽坂さんの放った矢が射抜き消滅させた。

「この辺りでも結構いけるな。やっぱり野本さんが入って今までより戦いやすくなった気がする」

「いえ、まだまだ先輩たちの足を引っ張らないようにするのに必死で」

五人になり手数と安定感が増し、ダンジョン攻略のペースが上がっている。

「みんなどうする？」

「私はいいと思うけど」

「わたしはもう少しレベルアップしてからの方がいい気がする」

「私はどちらでも」

「お兄ちゃんが決めれば？」

ペースアップした俺たちのパーティはなんと第三層への階段まで到達してしまった。

してしまったという言い方はおかしいが、もう少し先のことだと思っていたので少々驚いてしまっている自分がいる。

子泣き爺さんたちは普段からこの先で戦っているのだと思うが、あの人たちは人数が違う。

指標がないので自分たちがこのまま第三層に挑んでいいものか判断がつかない。

確かにここまでは来れた。

ただゲームと違って、ここまで来れた人間が第三層相当に値するステータスを持っているとは言い切れない。

女の子四人の命も預かっている。

やっぱりやめたほうがいいかな。

第二層のときもみんながレベルアップしてから挑んだ。

だけどレベルアップしやすいと思われる俺でも、まだレベル11に達していない。

おそらくは、経験値的なものが第二層のモンスターだけでは足りなくなってきている。

「お兄ちゃん、優柔不断は嫌われるよ」

「う～ん」

そうは言っても責任重大だ。そう簡単に決断できない。

あ～こんなときＩＮＴが高いと最適な決断ができるのだろうか？

そうだとしたら自分のステータスが恨めしい。

そういえばどうしても気になって向日葵に今のＩＮＴを聞いてみると15だそうだ。

ＩＮＴは他のステータスほど顕著には伸びていないとのことだったが俺の五倍。

伸びていなくて俺の五倍……。

わかっていたことなのでショックはなかった。

本当にショックじゃないんだ。

一応念のために東城さんにも聞いてみたら東城さんのＩＮＴは20だった。

東城さんの話によると学校の授業の理解度が明らかに変わってきたとのことで、それはＩＮＴ10を超えたあたりから顕著になったとのことだ。

なんてうらやましい話だ。

俺は結構真面目に授業を受けてるほうだと思うけど、高校二年生の内容はかなり難解だ。

こういうのを知的チートとでも呼べばいいのか？

ある意味戦闘力的ステータスが上がるよりもずっと有用だ。

ＩＮＴ20はＩＮＴ３・０の六いや七倍賢いのか？

いやあくまでも数値の表示だから単純に六、七倍賢いってことではないだろう。

そんなに優秀なら受験勉強なんかしなくても望みの大学に進学できてしまう。

まあ、その頃に世の中がどうなっているかは誰にもわからないけど。

うん神楽坂さんは聞かなくてもいいな。

元々優秀だった彼女の今のＩＮＴを聞くだけ無駄だ。

全く参考になる気がしない。

そう、それよりも今はこの階段だ。

「よし、じゃあちょっとだけ下りてみよう。もしダメだったらすぐに戻ってくれれば大丈夫だと思うから」

いくら考えても正解は思いつかないし、いつかは先に進まなければならないのは間違いないので様子見にちょっとだけ下りてみることにした。

五人で様子を窺いながら慎重に第三層へと足を踏み入れる。

「なんだ、第二層とそう変わらないじゃない」

「ああ、そうだな」

降り立った第三層は第二層と見た感じ変わりはない気がする。

モンスターも見える範囲内にはいないようだ。

「ふ〜ぅ」

ちょっと拍子抜けしてしまった。

いや、まだ踏み入ったばかりなので気を抜いている場合ではない。だけどもっとすごいところなのかと思っていたので予想外だ。

「お兄ちゃん、それでどうするの？　ちょっと見るだけって言ってたけど、これで引き返すの？」

「いや、それはなぁ」

さすがに見るだけと言っても、これではなんの経験にもならない。

「もう少しだけ進んでみようか。できれば軽くモンスターとも戦ってみたいし」

その場から五人で奥へと進むことに決め慎重に進んでいく。

近くに他のセイバーがいる気配もなく、モンスターの気配もない。

第三層はもしかしてモンスターの密度が低いのか？

「モンスター出ませんね」

「ああ、そうだね」

「もしかしたら他のパーティが全部倒しちゃったのかも」

「そうかもしれないな」

初めての第三層なので、これが普通なのかわからないが第二層までなら確実にこのタイミングまでにはモンスターと交戦している。

同じように見えてもやっぱり第二層までとは違うのだろう。

足を止めるような出来事もないのでそのまま進んでいく。

様子見のつもりで結構奥まで来てしまった気がする。

なにもないのはいいことなのかもしれないけど、なさすぎるのも少々不安になってきてしまう。

「御門くん、大丈夫なのかな」

「あ、ああ。どうかな」

「先輩、第三層ってこれが普通なんですかね？」

「いや、どうだろう」

みんなも俺と同じように、この状況を前にして不安を覚えているようだ。

「やっぱり、今日はここまでにして戻ろうか」

「それがいいかも」

「初めてですから、焦る必要もないですし」

うん、多分これが正解だ。

俺たちは、その場で歩みを止めて今まで来た道を引き返すことにする。

「ガアアアアアアアアアアアアアアァァァア〜」

「ヒッ」

「エッ」

今まで全くの無音だったダンジョンにモンスターの咆哮と思しき声が響き渡る。

この声は俺たちの背後から聞こえて来た。

「お兄ちゃん！」

まだ距離があるのか敵の姿は見えないけど、声の感じからやばい気がする。

「みんな、このまま戻るぞ。急ごう」

後方から聞こえてきたモンスターの咆哮に恐れを抱きながら、足早に今来た道を引き返す。

「御門、なんかやばくない？」

「ああ、どんなモンスターかわからないけど戦わない方がいい気がする」

距離はわからないが、なんとなく背に迫ってくるようなプレッシャーを感じる。

みんな、俺と同じくプレッシャーを感じているのか無言となり徐々に速度が上がる。

「グモオアアアアアアアアアアアアア〜」

やばい。

さっきよりも声が近い。

「御門くん……」

「ああ」

間違いない。これは俺たちを認識して迫ってきている。

そして、その速度は俺たち五人の移動速度を上回っている。

「ガアアアアアアアアアアアアァァァア～」

どうする。

このまま五人で逃げ切れるとは思えない。

他のモンスターもセイバーもいないせいで、隠れることもままならない。

散り散りに逃げればいけるか？

いや、それは得策じゃない。

相手の正体もわからない今の段階で戦力を分散させるのはダメだ。

逃げ切れないなら、迎え撃つしかない。

「はぁ、はぁ、みんなこのまま逃げるのは無理だ。迎え撃とう」

「そうだよ。私たちなら第三層のモンスターだってやれるよ。だって他のセイバーたちはもっと奥まで行ってるんだし」

「わかった」

「はい」

「うん」

俺たちは走りながらそれぞれの手に武器を携え、そして足を止めて振り返る。

まだ姿は見えないが、確実に迫ってきている。

「グモオアアアアアアアアアアア」

地が震えるような咆哮と共に現れたのは一匹のモンスター。

「英美里先輩、あれって」

「うそ……ミノタウロス」

そのモンスターは筋骨隆々の黒い体躯に牛の頭、その目は紅く血走り口からは涎を垂らしている。

あまりゲームに詳しくない俺でも知っている。

神話にも出てくるモンスター。

日本では牛頭と呼ばれる地獄の獄卒とも描かれることのあるモンスター。

ミノタウロス。

たった一匹、だけど圧倒的な強者のオーラを纏っているのが素人の俺にもわかる。

少し前に戦ったガーゴイルに対し感じた恐怖。それを遥かに超える明確な脅威。

「あ、あ……」

身体が硬直し口の中が一気に水分を失う。

な、なんで第三層にこんなやつがいるんだ。

いくら第三層とはいえモンスターのランクが一気に上がりすぎだ。

ネットの書き込みにだってミノタウロスのミの字も見かけたことはない。

それに、第三層に挑んでいる俺たちとそうレベルが変わらないはずのセイバーたちがこんなのに挑んでるとは思えない。

第二層で戦っていたリザードマンとは違いすぎる。

だ、ダメだ。

勝てない。

本能的に悟ってしまう。

身体が痺れたように動かない。

「御門くん！」

「あ……」

ミノタウロスは今までのモンスターと違い巨大な戦斧を手にしている。

その大きさは俺自身の大きさと変わらず、あれをくらったら紙を破るかの如く一撃でやられてしまうのは間違いない。

そのことが余計俺の身体の自由を絡め取る。

俺たちが逃げるのをやめたのを見て、ゆっくりと一歩また一歩とミノタウロスが近づいてくる。

まずい。まずい。まずい。

逃げられないいから迎え撃つと覚悟を決めたはずなのに、身体が動かない。

視線はミノタウロスの頭と手に持つ戦斧に釘付けとなり、頭が考えることを放棄しかけている。

蛇に睨まれたカエル。

そんな言葉だけが頭をよぎる。

「来るな～！　【ゲルセニウムバイト】」

棘の枷がミノタウロスの足下から襲いかかり、その歩みを妨げる。

「先輩！　今です！」

「あ……」

「御門！　やらなきゃみんな死ぬんだよ！」

「お兄ちゃん！　死んだら服買えないんだからね！　嫌いになるよ！」

みんなの声でようやく痺れた俺の身体に血液が戻ってきた。

雷切を持つ手に力を込めてミノタウロスに向け走り出す。

やるしかない。

野本さんもレベルアップしてスキルの威力も上がっている。

完全に捕えている今ならいけるはずだ。

俺は恐怖を押し殺し、血走るミノタウロスと目が合わないようにして距離を詰めていく。

いける。

もう少しで雷切の刃が届く、そう思った瞬間、信じられないことに棘の楔を完全に無視するかのように右手に持つ巨大な戦斧を振るってきた。

ブフォン。

空気が破裂したかのような音を立てて戦斧が俺の前を横切っていくが、風圧で俺の身体が一瞬押し戻される。

うそだろ。

「くっ」

幸いにも身体が傷つけられることはなかったけど、やばい。

ミノタウロスは身体に巻き付く棘を引きちぎりながらこちらへと歩を進めてくる。

メチャクチャだ。

おそらく今の野本さんのスキルなら赤茶色のガーゴイルであってもある程度足止めはできる。

それがまるで細い糸を引きちぎるが如くミノタウロスは意に介した様子もない。

「【グラビティ】」

今度は向日葵がスキルを発動し動きを止めにかかる。

重力の枷が襲いかかると、ミノタウロスはその歩みを一瞬止めたが、

「グウウウヴォアアアアア～！」

雄叫びを上げると、再びこちらに向けて歩き始めた。

向日葵の【グラビティ】ですら一瞬の足止めにしかならないのか。

「この化け物！　くらえ【アイスフィスト】」

続けて東城さんがスキルを発動し、氷の拳が一直線に飛んで行きミノタウロスの胸へと突き刺さった。

「やった？」

完璧に氷の拳は刺さっているように見える。

「グガアアアアアアア」

ミノタウロスが吠え、左手で氷の拳を払い除ける。

確かに氷の拳はミノタウロスの皮膚を貫いてはいたが、そのダメージはわずか。

わずかばかりの出血は見られるが、致命傷には程遠い。

「これなら！　【アイアンストライク】」

たたみかけるように向日葵が鉄球を撃ち出す。的が大きいおかげで向日葵の攻撃も直撃する。

「ゴッ」

直撃した鉄球の威力に押されるようにミノタウロスの口から声が漏れ出す。

みんなの連続攻撃のおかげで、少し時間が稼げた。

その恩恵で距離を取り、わずかだが観察する時間が取れた。

このミノタウロス、耐久力は赤茶色のガーゴイルを完全に凌いでいる。

ただ、これだけ攻撃が当たるってことは、移動スピードはともかく反応速度は鈍い。

それに、向日葵や野本さんのスキルも効果は薄いが、一瞬の足止めにはなっていた気がする。

怖い。死ぬほど怖い。

だけど、踏み込んでスピード勝負に持ち込めばなんとかなる。気がする。

足が震える。

「うあああああああああああああ～！」

叫び声で無理矢理震えを止めて、再びミノタウロスとの距離を詰める。

それと同時に両手で雷切を振るう。

硬質な抵抗感と共に浅くだがわずかに斬れる。

防具もつけていないのにこの硬さ。だが斬れる。

そして、いつもは斬ればモンスターは消滅してしまうのであまり実感することはないが、雷切の副次的効果。

電気を纏った刃による電気ショックの付与。

つまりは電撃により斬られた相手は筋肉が一瞬硬直する。

それはこの目の前のミノタウロスも例外ではなく、その隆起した筋肉が硬直したのがわかる。

「うおおおおお〜！」

ただ、この巨体を誇るミノタウロスが硬直するのはほんの一瞬。

次の瞬間には硬直から抜け出し反撃しようとしているのがわかる。

「ああああああ〜！」

とにかく腕を振り手を動かして、斬りつける。

ミノタウロスに動き出すタイミングを与えちゃダメだ。

必死で斬りつけるが、深手を与えることはできない。

振るう腕には乳酸が溜まってきて、身体と肺から酸素がなくなっていく。

底上げされたステータスを以てしてもずっとは無理だ。

「先輩、下がってください。【ゲルセニウムバイト】」

「御門くん、回復します。【ヒーリング】」

俺の身体が悲鳴をあげ、ミノタウロスをとどめて置けなくなったタイミングを見計らって野本さんがスキルでミノタウロスを縛り、神楽坂さんが回復をかけてくれた。

わずかの時間で完全回復とはいかないが、これでまた戦える。

ミノタウロスのダメージは軽微だ。

どうにかやりあうことはできているが、俺では攻撃力が足りない。

棘の楔を引きちぎったミノタウロスがゆっくり考える時間を与えてはくれない。

「ああああああ〜！」

大振りな初撃を躱し、必死に斬りつける。

確かに皮は斬れている。

だけど肉が斬れた感覚はない。

こうやって攻撃を繰り返す間も覚悟なんか決まらない。

恐怖に抗うために腕を振る。

「【グラビティ】！　お兄ちゃん！　あれ貸して！」

向日葵のスキルでわずかばかりのインターバルができた。

あれ？

あれってなんだ？

「お兄ちゃん！　早くして！」

戦いに頭のリソースを割いているせいで、向日葵の言っている意味がわからない。

「向日葵〜!!　あれってなんのことだ！」

「銃！　銃に決まってるでしょ！」

「ああ！」

目の前の戦いに必死で完全に頭から抜け落ちていた。

確かに剣では歯が立たないミノタウロスもあれならいける。

俺では難しくても向日葵なら当てられる。

さすがは向日葵だ。

これがＩＮＴ15の力か！

いや、前衛の俺と違って後衛で俯瞰《ふかん》してみることができたからか。

「みんな、時間を稼いで！」

「まかせて。【アイスフィスト】」

「わたしだって」

東城さんと神楽坂さんが時間を稼いでくれている間にポケットからスマホを取り出してストレージから『SFP10』をタップして取り出し、急いで向日葵に手渡す。

「え⁉　先輩それって」

「お兄ちゃん、弾をこめる時間を稼いで！」

「ああ」

もう力を残す必要もない。

この刹那に全てを注ぎ込む。

「硬いんだよ！　斬れろ、斬れろ斬れろ！　おあああああ！」

いける。このままいけばいける。向日葵ならしとめられる。

「グルウウウウウウアアアアアア～！」

俺が一方的に斬りつける状況の中でミノタウロスが吠えた。

吠えて雷切の影響を受けているはずの右腕を無理矢理振るってきた。

「あ⁉」

俺の振るった雷切とミノタウロスの戦斧が交差する。

雷切を持つ手と腕に千切れそうなほどの圧が襲いかかりそのまま地面へと薙ぎ倒されてしまった。

雷切は折れずにミノタウロスの一撃を耐えてくれたが、戦斧が当たったところから完全に曲がってしまっている。
「ゴガフッ」
あ……。
意識が飛びそうになる。
これはまずい。
おそらく、腕の骨が折れたか肩が外れた。
腕が上がらない。
「御門～！　【アイスフィスト】」
「先輩逃げて！　【ゲルセニウムバイト】」
わかっている。わかってるんだ。
このまま寝てると、ミノタウロスの戦斧の格好の餌食になる。
こんなときだけ妙に頭がクリアになり、ミノタウロスの動きが冷静に追えてしまう。
ミノタウロスが一歩踏み込みその手に持つ戦斧を振りかぶった。
もうダメだ。
バンッ！
ガァッ！
甲高い破裂音がしてミノタウロスの腕が穿たれた。
バンッ！　バンッ！　バンッ！
向日葵か。

「【ヒーリング】。御門くん。今のうちに」

「神楽坂さん」

神楽坂さんのスキルで、少しだけ腕の痛みが和らぐ。

時間をかければ完全に回復するかもしれないが今はその余裕はない。

神楽坂さんの肩を借りて、起き上がりその場から離脱する。

「お兄ちゃん、時間ぴったりだよ。あとはわたしにまかせて」

バンッ！　バンッ！

ミノタウロスの巨体に面白いように向日葵の放つ銃弾が命中する。

やはり向日葵だ。

銃をあずけて正解だった。

さすがのミノタウロスも銃の前には無力のようで銃弾を受けるたび呻き声を漏らし血を流している。

バンッ！

後方へと下がった俺の下へ東城さんがやってきた。

「御門、向日葵ちゃんのあれって本物の銃よね」

「ああ、そうだと思う」

「それって、御門のスキルで？」

「そう」

「御門のスキルってなんでもありね。一時はどうなることかと思ったけど、あれなら問題なく倒せそうね」

「やっぱり銃ってすごいな」

バンッ！

それにしてもしぶといな。今ので何発目だ？

「もういい加減消えて」

バンッ！

ミノタウロスはその太い腕を十字に構え防御に徹しているが、既にその腕は弾痕でボロボロだ。

「グアアアアアモオオオオオオオ〜！」

攻撃に耐えかねたのか満身創痍のミノタウロスが吠えた。

「叫んだって怖くないいんだからね」

バンッ！

向日葵は容赦なく銃弾を撃ち込んでいく。

「グゥモアアアアアアアアアアアアアアアアアアアア〜！！！」

末期の叫びだろう。ミノタウロスが一際大きな声をあげた。

強かった。やはり神話に出てくるようなやつだけあって桁違いのパワーと耐久力だった。

ただ、ここは神話の時代ではなく現代。

現代の武器の前には無力だったということだ。

「先輩？　なにかおかしくないですか？」

「え？」

「ミノタウロスの身体が大きくなってるような」

「ガアアアアアアアアアアアアアアアア!!」

確かにその姿はさっきまでよりひと回り大きくなっているように見える。

そして、なぜか先程まで全身から流れ出ていた血が止まっている。

「向日葵！」

「わかってる。なんで倒れないの！」

バンッ！　バァ～ン！

「ゴアアアアアアアアアアアアオオオ～！」

「なっ！」

信じられない。

なぜか大きくなったミノタウロスは、銃弾を受けても怯む様子はない。

先程までは確かに致命傷と呼べるようなダメージを与えることができていたのに、今命中した弾はめり込んではいるが、表面に近いところで止まってしまっている。

なにが起こってるんだ。

「なんなのいったい。【アイスフィスト】」

「ここで押し切らないとまずいです。【ゲルセニウムバイト】」

今までのでもやばかったのに、あれはおかしい。

銃も含めたこちらの攻撃がほとんど通っていない。

バンッ！　バンッ！　バァ～ン！

異変を感じ取った俺以外のメンバーが総攻撃をかける。

俺も、幾分肩の痛みは和らいできたけど、この状態では剣を持ってあれと戦うことはできない。

焦りだけが募るが、今の俺にできることは限られている。

「グウウウウウウウイイイイイイイイ〜！」

ミノタウロスが何度目かになる咆哮をあげると、こちらのメンバー全員をギロっと睨めつけその場から爆ぜた。

「向日葵〜！　避けろ!!」

「来るな〜！　【アイアンストライク】」

咄嗟に放った鉄球のおかげで辛うじて攻撃を避けることができたが、明らかにミノタウロスのスピードが上がっている。

すぐに次の攻撃が襲ってくる。向日葵が危ない！

俺に残された手段。

少し前の【Uレアガチャ】で排出された景品の中で今まで使わずにストックしてあるそれを急いで喚び出す。

『飯綱《いづな》』

排出されたときは読み方がわからず、美味しいご飯の品種が当たったのかと思ったが、その後スマホで検索して読み方が判明した。

イヅナ。

スマホ情報によると飯綱は妖怪の一種。

妖怪⁉　とは思ったけど妖精さんも妖怪も一字違いだしあり得るのかとその場は納得はしたものの妖精さんと同じなら一度喚んだらそれっきりの可能性もある上に妖怪の能力がどうなのかも全くわからなかったのでここまで使ってこなかった。

だけど俺自身が戦闘不能に近い今頼れる可能性があるのはこいつだけだ。

頼む～！

俺は痛む腕でスマホをタップする。

タップした瞬間目の前にはイタチかカワウソを思わせる姿の飯綱が現れた。

小さい……。

妖怪というからそれなりに身構え覚悟を決めて喚び出してはみたが、その印象は思っていたよりも小さい。

巨大化したミノタウロスと比較してその姿はあまりにも小さく映る。

この飯綱がスマホ情報通りだとするならその能力は風。

飯綱とはよく知られている妖怪かまいたちの別名らしい。

だが、こんなに小さくてあの強靭なミノタウロスと戦えるのか？

「キュイ？」

飯綱がかわいく声を上げるが、妖精さん同様に当然言葉はわからない。

だけどもう、こいつに託すしかない。

「飯綱、頼む。あのミノタウロスを倒してくれ！　もうお前しかいないんだ。頼む」

「キュイ」

伝わっているのかはわからないけど、たぶん俺の言葉に返事してくれたんだと思う。

その瞬間飯綱の姿がその場から消えた。

一瞬、役目を果たさず勝手にいなくなってしまったのかと思い焦ったけど、そうではなかった。

「グアッ」

飯綱が姿を消した直後、ミノタウロスが声を発した。

慌てて視線をそちらへと向けるとミノタウロスは肩口から大量の血を流していた。

状況がよくわからないが、向日葵が何かした様子はない。

「ガアッ」

見ている傍からミノタウロスがまた傷を負い出血した。

ステータスが上がった俺の動体視力でも追い切れないが、ミノタウロスの周りをなにかが動き、そしてダメージを与えたことだけはわかった。

「飯綱なのか」

この状況で考えられるのはそれしかない。

あの微かに認識できるのは飯綱。

「強すぎるだろ」

その小さな身体を見て、ミノタウロスと対峙できるのかと不安になっていたが、とんでもない。

まさに目にも留まらぬ速さでミノタウロスを刻んでいく。

あれほど硬かった外皮をいとも簡単に切り裂いていく。

ミノタウロスも応戦しようと戦斧を振り回しているが、当たる様子は全くない。

「ガアアアアアアアアアアア！」

「御門くん、あれは？」

「ああ、あれは飯綱。妖怪だよ」

「妖怪⁉」

「ちょっと妖怪って御門のスキル本当になんでもありになってきたわね。それにしても妖怪ってあんなに強いの？　モンスターより全然強いんじゃない？」

「ああ、それは俺も驚いてるんだ」

「グアッ」

ミノタウロスは右腕を大きく裂かれ、その手に持つ戦斧を地に落とした。

「グウウウウウウウウアアアアアアアアア」

ミノタウロスが大きな叫び声を張り上げ、飯綱を捕えようと傷ついた腕を振り回すが、その腕は飯綱により刈り取られた。

「すごい」

ミノタウロスの強さは間違いなく今まで対峙したモンスターの中で一番だ。

そのミノタウロスを圧倒している。

飯綱の風が腕を失ったミノタウロスの全身を刻んでいく。

そして一際大きな風が舞ったと感じた瞬間ミノタウロスの首がゴトリとその場へと落ちた。

「終わった……のか？」

縋《すが》るような思いで喚び出した。

だけど、その見た目に絶望してしまった。

それが、ミノタウロスを圧倒しあっさりと倒してしまった。

あまりに圧倒的な目の前の状況に実感が湧かない。

「キュイ」

俺の前には先程まで戦っていた飯綱がちょこんと座っていた。

「あ……ありがとう。助かったよ」

「キュイ、キュイ！」

俺の言葉に反応しているのか、嬉しそうな素振りを見せているその姿は、ミノタウロスと戦っていたとは思えないほどに愛くるしい。

「きゃ～かわいい！　本当に死ぬかと思って怖かった。ありがとう～。イタチさんはわたしの命の恩人、いえ恩妖ね」

「キュイ」

「もしかして返事した？　したよね。きゃ～かわいい。ペットにしたいかも」

「向日葵、妖精さんと同じで消えちゃうと思うぞ」

「え～そんな～。じゃあ記念撮影だけでも」

「向日葵、それよりモンスターがまた襲ってくるかもしれないし、早く戻ろう」

「お兄ちゃん、もう歩けるの？」

「ああ、なんとか」

「御門くん、もう一度使うね。【ヒーリング】。もっと効果があればよかったんだけど」

「いやいや、神楽坂さんのスキルがなかったらもっと酷いことになってたよ。それにもう少しすれば腕も動くようになりそうだし」

「よかった」

やっぱり、神楽坂さんの笑顔は天使のそれだ。

それにしても、もうダメかと諦めかけたけど飯綱がいてくれて本当に助かった～。

飯綱のおかげでミノタウロスは倒せた。だけどここからまた戻らないといけない。

第二層からはどうにかなると思うけど、またこの階層で襲われたらヤバい。

「あ！　私レベルアップしたかも」

「わたしも」

「あ～本当だ」

「私までレベルアップしてます」

とどめをさしたのは飯綱だが、みんなにも経験値がはいってきたらしい。

確認すると俺もレベルアップしていたが、今はそれよりも安全に地上へと戻ることが先決だ。

「飯綱、俺たちを送ってもらえないか。守ってほしいんだ」

「キュイ！」

飯綱の時間がどのくらい残されているのかはわからないけど、妖精さんも撮影する時間があったことを考えると、もう少しは大丈夫のはずだ。

「じゃあ、移動してる間わたしが抱っこする～」

「まあ、そのくらいなら。飯綱いいか？」

「キュイ！」

「あ～向日葵ちゃんいいな～」

モンスターが現れたときだけ戦ってくれればいいので、飯綱は向日葵に任せる。

「かわいい～、ツヤツヤ～。自撮りしなきゃ。もう待ち受け確定～」

向日葵のやつミノタウロスに襲われかけたのに切り替え早いな。

「わたしも触っていいかな」

「舞歌さん是非是非」

「わぁあ、本当にかわいい」

「あ～舞歌だけずる～い。私も私も」

「私もいいですか？　実は私猫派なんです」

女の子たちに飯綱は大人気だけど、野本さんの猫派の意味はよくわからない。

飯綱は猫ではないと思うけど。

飯綱も女の子たちに撫でられて満更でもない感じに見える。

めっちゃ懐いている。

このイタチ本当に妖怪なのか？

正直この飯綱を見ていると妖怪の定義がよくわからなくなる。

それにしても俺の【ユニークレアガチャ】で排出された妖精さんも、この妖怪も戦局を一変させるほどの力を持ちあわせている。

先程の戦いでダメになってしまった雷切は優れてはいたけど、瞬間の火力は飯綱が圧倒的だ。

雷切＜ＳＦＰ10＜飯綱。

こんなイメージだろうか。

やはり恒常的に使える武器と使い切りであることの差なのかもしれない。

使える時間と威力が反比例している気がする。

剣と爆弾のようなイメージか。

それにしても、今回のミノタウロスはなんだったんだ？

そもそも第三層ではあんなのと普通にエンカウントするものなのか？

もしそうだとするなら、このまま第三層へ挑むことはできない。

もっともっとレベルアップしないと次は確実に死んでしまう。

それに最後は飯綱があっさりと倒してしまったけど、あの巨大化と明らかなパワーアップはなんだったんだ。

だけど先行していたセイバーの人たちはあんなのを相手にここを進んで行ってたのか？

確かに人数は多かったけど以前見たグループの人たちの戦い方からそれは想像しづらい。

第三層に踏み込んだ途端襲いかかってきた嵐のような出来事に頭の整理がつかない。

向日葵が飯綱を抱きながら今来た道を戻るが、幸いなことに第三層で新たな敵が現れることはなかった。

そして第二層への階段に着いたタイミングで飯綱は消えてしまった。

どうにか助かった。

もちろん第二層も気を抜いていいわけもないが、向日葵が『ＳＦＰ10』を使えば問題なく抜けれるはずだ。

そして飯綱の表示は妖精さん同様0となっていた。

「お兄ちゃん！　また絶対飯綱ちゃん喚んでね」

「いや、二度目の喚び方がわからないんだって」

「お兄ちゃん、絶対ダヨ！」

「はい、頑張ります」

向日葵はよほど飯綱のことが気に入ったらしい。

東城さんと野本さんもスキルの使用回数は減ってしまっていたが、レベルアップによりわずかに回復したことでどうにか第二層も無傷で抜けることができた。

そしてようやく第二層を抜けて一階層まで戻ってくることができた。

神楽坂さんの【ヒーリング】の重ね掛けのおかげで随分腕の痛みも楽になってきている。ただこのタイミングでも残念ながら戦える状態までには回復に至らず、ここまでメンバーに頼り切りになってしまっている。

だけど、ここまで戻ってきたらもう大丈夫だろう。

結局俺は最後まで戦力にはならなかったけど、みんなが頑張ってくれて一階層を進み程なく地上への階段へと至ることができた。

「着いた～」

地上への階段が目に入った瞬間、全身の力が抜けてその場へとへたり込んでしまった。

「御門、まだ早いわよ」

「ああ、わかってる」

東城さんの手を借りて、その場から立ち上がり地上への階段をどうにか登り切った。

「今度こそ本当に着いた～」

「どうにか戻ってこれましたね～」

「飯綱ちゃんがいなかったらどうなってたかわからない。もう当分ミノタウロスは見たくなぁ～い」

「それは言えてる～。牛肉もしばらくはいいかも～」

東城さん……。それは言ってほしくなかった。我が家には冷凍してある牛肉がいっぱい残ってるんだ。

階段を登ることで残った力を使い果たした俺を見て、神楽坂さんが声をかけてきてくれる。

「御門くん、まだ痛む？」

「いや、神楽坂さんのおかげで随分楽になったよ。ありがとう」

「ごめんなさい。わたしのスキルがもっと強力だったら」

「いやいや本当に助かってるから。それにレベルアップすれば効果も上がるはずだし」

「それならいいんだけど。戦いではあんまり戦力になれなかったからせめて回復くらいは……」

あぁ～やっぱり神楽坂さんは天使だ。

神楽坂さんのスキルとキャラクターにどれだけ救われてるかわかってないな。

「戻ってこれたからって御門も舞歌も二人でイチャイチャしないの」

「え、英美里、そんなんじゃないから」

「そ、そうだよ。東城さん、そんなんじゃないって」

「はいはい、そうですか」
こうやって冗談を言い合えるのも無事に戻ってこれたからこそだ。
今回は運良くどうにかなったけど、また第三層へ挑むにはもっと力が必要だ。
俺自身のステータスの向上、そしてスキル【ガチャ】のパワーアップが必須だ。
だけどこのメンバーならもっと先に進めるはずだ。
ダンジョンの攻略、そしてこのモンスターあふれる世界を生き抜くために。

エピローグ

222
ついにガーゴイルしとめた。俺はガーゴイルスレイヤーになった
223
単独？
224
もちろん四人。それがなにか？
226
まあ単独は難しいわな。単独でも四人でも十人でもガーゴイルスレイヤーには違いない
228
すいません。つかぬことをお聞きします。ミノタウロスってどうでしょうか
229
ミノタウロス？　そんなのいるのか？
231
あ～アニメに出てくるやつ
232
ガーゴイルでガーゴイルスレイヤーならミノタウロスはミノタウロススレイヤーか。カッコよ

２３４
ガーゴイルよりミノタウロススレイヤーのほうが断然イケてる
２３６
みなさんミノタウロスと戦ったことありますか？
２３８
これマジスレ？
２３９
いやいや、ミノタウロスって。そんなの出たらヤバイでしょ
２４１
まあ、でも可能性がないことはない。ケンタウロスもいるかも
２４２
ミノはないが昨日徐々院で焼肉食べた。ウマウマ
２４３
ミノは食べたらうまいのか？
２４５
モンスター肉は無理
２４７
これから食糧難になる。モンスター肉がドロップしたら食べるだろ。昆虫食とどっちがいい
２４８

……難しい選択だな
250
この前ミノタウロスと戦ったんですけど
251
まだミノネタやる？
252
ネタじゃなくてマジです。ダンジョンの第三層に出ました
254
マジネタ？
255
はい
257
ミノタウロス出るの？　それも第三層？　俺のホーム五階層だけどそんなの出たことないぞ
258
俺もない。ミノどうだった？
260
死ぬかと思いました。メチャ強です
261
やっぱマジネタか。逃げれたのか

２６３
いえ、なんとか倒しました

２６４
は？　倒したの？

２６６
はい。肩が外れて死にかけたんですけど倒しました

２６７
マジか。どうだった？　どのくらいの強さ？

２７０
普通のガーゴイルよりかなり強いです。赤茶のガーゴイルよりも強いです

２７２
ちょっと待て。赤茶のガーゴイルってなに？　普通緑系じゃね

２７３
普通のより強いガーゴイルです。知りません？

２７５
俺知ってる。あれはヤバイ。エンカウントしたら即遁レベル。普通のガーゴイルの倍は強い

２７６
その即豚レベルより強いってどんだけ

２７８

即豚じゃなくて即遁な
279
そこじゃない。ガーゴイルの亜種ってこと?
281
亜種というか上位種?
283
それ聞いたことある。ゴブリンとかスケルトンの上位種もいるらしい
284
いやゴブリンの上位種は普通にホブゴブリンやろ
286
あ～ホブゴブリンなら普通に倒したことある。確かに普通のゴブより強いな。俺の敵じゃないけど

ネットで調べてみたけどミノタウロスの情報が得られなかったので、思い切ってセイバースレに初投稿してみた。
今のところ有力な情報は出ていない。

288
ホブゴブリンはあれだけども、どうも上位種ってのはいるらしいのだ

290
俺、見たことある。戦ってる最中にコボルトが進化みたいな感じになった
291
進化!?　モンスターって進化するの？　マジ？
293
マジだ。犬顔が狼みたいになってパーティ壊滅しかけた
295
やっぱ進化ってあるんですね。ミノタウロスも急に大きくなって強くなりました
296
ちょっと待て。ミノタウロス倒したやつ進化したの倒したってこと？
298
進化かどうかわかりませんが、巨大化しました。
299
お前何者？　ミノの進化系倒したって、お前もしかしてとんでもないやつなのか？
300
マジにとるな。ツリだろツリ
302
普通の高校生です。吠えたら巨大化して攻撃が通じなくなりました
304

３０６
高校生⁉　スクールセイバーか。攻撃通じないのにどうやって倒したんだ？
３０８
特殊な武器を使いました
３０９
特殊な武器⁉　なにそれ。ミノと遭遇したときのために情報求む
３１０
それは内緒です。でも本当に強いです。気をつけてください
３１２
いやいや、気をつけてくださいって。どこに出るかもわからんのに無理やろ
３１３
ミノスレイヤーさん、今レベルはいくつですか？
３１５
レベル11です
３１７
おお、結構高い。レベル11あればミノいけるのか
３１９
たぶん難しいです。ＡＧＩ60オーバーですが無理でした
レベル11でＡＧＩ６０⁉　マジで？　60ってガチ勢の数字やで

320
俺レベル4でAGI9。メタボのせいでAGI伸びない
322
中年はAGIの伸びは気にするな。やっぱ高校生はAGIの伸びすげえな
324
モンスターが進化ってアニメみたいだな。メガ進化とかもあるのかな
325
ミノで思い出した。神話級といえばインドでナーガが出たって噂になってたけど、ミノがいるなら本当かもな
327
ちょっと待て。ナーガってナーガ？　いくらなんでもそれは
328
ナーガって蛇？　いや竜？　それとも神？
329
いやいやいや。神ってなによ神って。俺の頭に髪はいないのにインドに神って。もしかしてドロップで毛生え薬！
330
そんなわけあるか！　髪違いすぎるわ。それよりナーガどうなった。倒したのか？
331

噂じゃ、インドのトップ勢達が全滅。そのあと軍隊も全滅してダンジョンは永久封印したらしい
334
うわぁ。その話どこソース
335
クランの情報網に結構引っかかってた
336
みんな！　ナーガとエンカウントしたら秒で逃げろ！　絶対死ぬなよ！
337
AGI9の俺は逃げ遅れるな
338
痩せるしかないぞ
340
レベルアップしてもなんで痩せないんだ～!!
341
俺の石化スキルならいける。ミノもナーガも効かん
342
石化さんミノにあったことないですか
344
ないが、俺の石化は最強

たぶんこの石化さんは子泣き爺さんだと思われるけど、ミノタウロスにあったことはないらしい。

やっぱり、あの個体はイレギュラーだったのか？

確かにあれが複数とかで出るなら、あのダンジョンの第三層を抜けれるセイバーはそうそういない気がする。


「～～～あ！　あああああっ！」

家に戻ってからスマホのステータス画面を確認して思わず声が出てしまった。

「お兄ちゃんどうしたの？　もしかしてまだ腕が痛いの？」

「い、いやそうじゃない。うん大丈夫だから。驚かしてごめんな」

「ふ～ん、それならいいけど」

向日葵に不審がられてしまったが正直今はそれどころじゃない。

ミノタウロスの経験値の恩恵でレベル11になったが、遂に遂にこのときが来た！

俺は向日葵に気付かれないようにポーカーフェイスを決め込み心の中で「よっしゃあああああ～!!」と叫んでいた。

能瀬　御門
ＬＶ10　→　11
ＨＰ57　→　60

ＡＴＫ47　↓　50
ＶＩＴ42　↓　44
ＩＮＴ3・0　↓　3・1
ＡＧＩ60　↓　65
スキル【ガチャ＋2Ｒ4ＵＲ1】

これがレベル11となった俺のステータスだ。

相変わらずＡＧＩの伸びは高く今回のレベルアップではなぜかスキルの表示に変化は見られなかった。

もしかしてスキルの成長限界を迎えてしまったのかもという考えが頭をよぎったが、そんなことは正直どうでもよかった。

俺の、俺のＩＮＴが！

レベル10まで3から一切の上昇を見せなかったＩＮＴの数値に変化が！

3・0が3・1へと上昇していた。

人はたかがコンマ1の上昇だろと笑うかもしれない。

だけどそのコンマ1は俺に可能性を示してくれる第一歩。

ただ、上がり幅が小さいせいか実感はなにもない。

「向日葵、ちょっといいか？」

「なに？」

「向日葵のＩＮＴって15なんだよな」

「ん？　レベルアップしたから今は17だけどね」

「17なのか。ちょっと聞きたいんだけど、向日葵って初期のＩＮＴっていくつだったっけ」

「たしか４だったと思うけど」

「４か……。それでどのくらいの数値になったら頭が良くなった感じがあった？」

「そうだな～学校の授業とか記憶力が良くなった気がするのは７を超えたくらいかな～。割とレベル２か３のときでもそのくらいの感じだったと思うけど。ステータスが現れてすぐにＩＮＴの効果が現れたから助かってるなぁ。もしかしたら一番役に立ってるステータスかも」

「そうか……７か」

「お兄ちゃん、そんなに難しい顔してどうしたの？」

「いや、なんでもない。ただ登る山は途方もなく高いということがわかっただけだ」

「山？」

「ああ、どこかの登山家が言っていた。そこに山があるから登るんだと」

「お兄ちゃん？」

なんとかの道も一歩からだ。

俺の明確な目標が定まった。

目標とするＩＮＴは７だ。

今はまだ頂は全く見えないけど、登り始めた以上いつの日かその頂に手が届く日が来るはずだ。

それを信じて俺はレベルアップを繰り返すしかない。

今回のレベルアップでステータスの一番の変化がＩＮＴだとすれば、表示上最も変化がなかったのは【ガチャ】だ。

ＩＮＴのことが嬉しすぎてそれどころじゃなかったけど、レベルアップして変化がなかったのは初めてのことだった。

ただ、それは表示上のことであって実際には変化があった。

それは【Ｕレアガチャ】のインターバルの減少。

今まで【Ｕレアガチャ】は三日に１回しか引くことが叶わなかったが、今回のレベルアップで二日に１回引くことが可能になった。

地味に思えるレベルアップだけど【Ｕレアガチャ】の景品の有用性を考えるとこれはかなりありがたい。

もしかしたら次のレベルアップで一日１回引けるようになるかもと思えばモチベーションは更に上がる。

「よし、じゃあ引いてみるか」

実は、ミノタウロスとの激戦もあり今日までダンジョンには潜らず完全休養していたので、暇つぶしも兼ねて毎日【ガチャ】を引いてはいたが、人間とは業の深い生き物なのかそれだけでは物足りなくなってしまっている自分がいた。

早速スマホ画面を開いて【ガチャ】を引いていく。

「【ガチャ】」

無水調理鍋。

便利だけど既に家にある。

「【ガチャ】」

あんバタークリーム食パン。

これは明日の朝ごはん用だな。おいしいのは間違いなしだ。

続いて【レアガチャ】を引いていく。

「【レアガチャ】！」

低級ポーション。

間違いなく使えるので悪くない。

「【レアガチャ】！」

イベリコ豚バラ肉六キログラム。

悪くはないけど、我が家の食卓は【ガチャ】のせいで肉比率が高くなり、しかも四人家族が食べれる量ではない。

限りのあるストレージを食料で埋めるのは難しく、新たに買った冷凍庫もすでにいっぱいなので、今日は豚肉三昧で、神楽坂さんたちにもお裾分けだ。

野本さんが加わったので一人当たりの量は少しだけ軽減されたけど、メンバーもそろそろお裾分け疲れしてきているのをひしひしと感じるので、まだフレッシュな野本家に頑張ってもらうしかない。

「【レアガチャ】！」

鉤裂き。

また画数の多い漢字表記だが、なんとか読めはする。
カギサキ。
表示をタップしてみると目の前に大きめの鎌が現れた。
雷切が潰れてしまったので本当は刀が欲しいところだったが仕方がない。
正直モンスター相手にこの大きな鎌で戦える気は全くしない。
ストレージに刀のストックがあるので、これを使うことはないな。
「【レアガチャ】！」
シルバーインゴット三キログラム。
うん、これは一番いらないやつだ。
【レアガチャ】では時々金属のインゴットが当たる。
この前は銅十キログラムが当たった。
初めてだったので興味本位でタップしてみたが、それなりの大きさの銅の塊が現れた。
目の前に現れた銅の塊を撫でたり触ったりしてみたが、向日葵に、
「お兄ちゃん、それ邪魔だよ」
と言われて終わってしまった。
確かに高校生の俺に使い道はなく、しかも場所を取るので置き場もない。
十キログラムの銅。一般家庭に一切必要のないものだった。
そして今度は銀。
一見良さそうに見えるが、銀も普通の高校生の俺には使い道はない。

もしかしたらどこかで買ってもらえるのかもしれないけど、買ってもらえるところも見当がつかないし、このインゴット刻印もない。

まあ、今日の【レアガチャ】は低級ポーションが出ただけ当たりの部類だろう。

俺は気を取り直して【Uレアガチャ】をタップする。

「【ユニークレアガチャ】！」

表示されたのは『ファイアブランド』。

なんだこれ？

ファイアはわかるけどブランドってなんだ？

期待に胸を膨らませて引いた【ユニークレアガチャ】の景品がまたなんなのかわからない。

いつも思うがこのスキルは親切設計じゃない。

取り出して突然発火したりすると危ないので慎重を期してスマホでファイアブランドと入力して検索してみる。

「松明《たいまつ》？」

検索にヒットした内容をいくつか確認してみるとファイアブランドとはどうやら松明のことらしい。

松明か。

正直懐中電灯等の文明の利器がある現代において松明の有用性は低い。

しかし、なぜ松明？

【Uレアガチャ】の景品が普通の松明であるとは考えにくい。

だとすれば特別な松明。

もしかしてオリンピックのアレか？

松明なら出してみても大丈夫だよな。

完全なる興味本位でスマホに表示されている『ファイアブランド』の文字をタップする。

「あれ？」

オリンピックのアレかなにかが出るとばかり思っていた俺の前に現れたのは一振りの立派な剣だった。

「え⁉　松明じゃなく剣？」

どこからどう見ても松明には見えないので、今回当たったファイアブランドは松明のことではなく、この剣のことだったらしい。

俺は現れた剣を手にしてみる。

普段使用している刀と比べてかなりの重量感がある。

ずっしりとした重みと肉厚なその刀身。いや刀じゃないから剣身か？

そしてその剣身にはあまり見たことのない外国風の文字がびっしりと刻まれているが、元々銀色をしていた剣身が手に持ち構えた瞬間わずかにオレンジっぽい色を帯びた。

一言で言うなら中二感溢れるというか、普通にカッコいい。

「なんかファンタジーっぽいな」

雷切はミノタウロスの一撃で曲がってしまったけど、この肉厚の剣ならもしかしたら凌げたかもしれない。

できることならもう出会いたくはないけど、また戦うことがあれば今度は自力でなんとかするしかないし、これは当たりだろう。

ただ肉厚で大振りのこの剣は両手持ちなので二刀流とはいかない。

スピード偏重型の俺にとっては不向きとも思えるけど、第三層の敵を倒すには威力が欲しいのも事実だ。

手に持つファイアブランドを軽く振ってみる。

「うわっ！」

軽く振った剣身が突然炎を纏った。

雷切は敵に電撃を付与したが、どうやらこの剣は剣自体に炎を付与するらしい。

この炎はモンスターにも有効だろうしかなりイイ。

ただひとつ心配なことがある。

振ると発現するこの炎は俺を含めた味方をも害するんじゃないのか？

特にこれを手にして振る俺はかなりの高確率で火傷を負うんじゃないかと心配になってしまった。

まあ、広いところで思いっきり振ってみないとわからないことなので、とりあえずストレージへと戻すことにして、後日ダンジョンで試してみることにする。

いずれにしても魔法剣っぽいし、かなりイイ景品には違いない。

やはり【Uレアガチャ】はかなり期待できる。

番外編　わたしのお兄ちゃん

あの日、お兄ちゃんがパンを出せるようになったと言ってきたときは、ついにお兄ちゃんがおかしくなってしまったと本気で思った。

前から高校生にしては少し頭があれなのかなとは思ってたけど、高校生にもなってパンが出せる魔法使いになったとかあり得ないでしょ。

それって普通にパン職人だし、魔法でもなんでもない。

それに魔法っていえば炎を出したり空を飛んだりでしょ。

魔法でパンって、ほとんど幼児向けの絵本の世界だし、お兄ちゃんの頭の中が心配になってしまった。

だけどお兄ちゃんの言ってることは嘘じゃなかった。

お兄ちゃんはなにを思ったのか次の日にパンはパンでもフライパンを出して見せてくれた。

もう、小学生でも使わないような寒いギャグなのかと思ったけど、お兄ちゃんは本当に魔法使いになっていた。

だけどパンとフライパンを出せる魔法使いってやっぱりコックさんになるつもりなの？

それから一日1回、それほど役に立たないものを出してくれるようになったけど、正直、わたしの持っている魔法使いのイメージからはかけ離れていた。

たまにお肉を出してくれるのはうれしかったけど。

この年にしてはわたしはお兄ちゃんと仲がいいほうだと思う。

今でこそあれだけど、昔のお兄ちゃんはやさしくて、頭も結構よかったと思う。

小学校の宿題とかも結構面倒を見てくれたし、よく一緒に遊んでくれた。

野良犬に襲われそうになったときはわたしをかばって追い払ってくれたし、転んで怪我をしたときはおんぶしてくれたりもした。

だから今でもそれなりにお兄ちゃんのことは好きだ。

『ファーストブレイク』以降世界にはモンスターが出現して普段の生活に不安を覚えたりもしたけど、ラッキーなことにわたしも魔法使いになることができた。

しかもお兄ちゃんと違って攻撃魔法が使えるようになった。

正確にいうと魔法じゃなくてスキルだけど、ほとんど魔法使いみたいなものだよね。

ある日お兄ちゃんから学校にゴブリンが現れた話を聞かされ、ゴブリンをお兄ちゃんが倒したと言われたときには絶対嘘だと思った。

だってお兄ちゃんのスキルは【ガチャ】で一日1回日用品を出すだけのもの。普通に考えてゴブリンなんか倒せるはずがない。

そう思っていたのに、それは本当のことだった。

週末、一緒に買い物をしてると、お兄ちゃんの同級生だという女の人二人に声をかけられた。

英美里さんと舞歌さん。

二人ともすごくきれいな人でお兄ちゃんとは全く縁がなさそうに見えたけど、話を聞くとお兄ちゃんがゴブリンを倒して助けてあげたらしい。

舞歌さんがゴブリンに襲われたところをお兄ちゃんが身を挺《てい》して守ったそうで、今のお兄ちゃんからは信じられないような話だったけど、なんか昔のカッコよかったお兄ちゃんに戻ったみたい。

話を聞いてみると、確かにお兄ちゃんは、困ってる人を放っておけないようなところがあるし、タイプの女の子を前にヒーロー心が顔を出したのかも。

それに、英美里さんと舞歌さんはお兄ちゃんに興味津々って感じだった。

だけど「趣味は？」って聞かれて「特にないけど」って、お見合いだったらその時点でアウトだよ。確かにお兄ちゃん無趣味だけど。

趣味を聞くってことはお兄ちゃんの性格とか知りたいってことだよね。

もしかして、もしかしてだけど二人ともお兄ちゃんのことが好きなの？

きゃ～。そんなことある？

こんなきれいで優しい二人がお兄ちゃんのことを？

もう、なんでも答えちゃう。

これが噂のつり橋効果？

きゃ～。お兄ちゃんもしかしてモテキがきたの？

これももしかしてお兄ちゃんのスキル【ガチャ】の効果？

奇跡の大当たり引いたんじゃない？

わたしが知る限りお兄ちゃんに彼女がいたことはない。

彼女どころか中学生になってからは女子の友達も見たことない。

お兄ちゃん、別に見た目は悪くないと思うんだ。

身長もそれなりだし、黒髪で清潔感は、まあある気がするけど目立つ感じじゃない。

それより女の子に気を使える感じでもないし高校生になってからは勉強もあれだし、モテる要素はそんなにない気がする。

そんなにっていうか考えてみたら全然ないかも。

それが、こんなきれいな二人と⁉

いや、でもスキルの事もバレちゃってるし単純に興味を持っただけなのかな。

わたし的には英美里さんがいい感じな気がするけど、きっとお兄ちゃんのタイプは舞歌さんだと思う。顔もかわいいし、ちょっと控えめな感じがお兄ちゃんのど真ん中な気がする。

でも、お兄ちゃんと舞歌さんが並んで歩いているところが全く想像できない。

完全にお兄ちゃんが見劣りしてる。

「向日葵ちゃん、お兄ちゃん、またね～」

「はい、また」

正直まだまだ話し足りないなと思ってたら、別れ際に二人と連絡先を交換させてもらったので、最近結構頻繁に連絡を取り合っている。

つり橋効果なんてお兄ちゃんの人生で一回限りの大当たりだと思ってたのに、今度はガーゴイルが現れて、またお兄ちゃんが二人のことを助けたらしい。

よくよく確認すると、戦ったのはお兄ちゃんだけじゃないし、二人だけを助けたわけじゃないみたいだけど、それ以来二人とのやり取りの内容はお兄ちゃんのことばっかり。

お兄ちゃんってなに？

モテモテの無自覚系主人公にでもなっちゃった？

こんなラノベかアニメの主人公みたいなことが連続して起こるなんてある？

もしかしてスキルと一緒になにかが覚醒しちゃった？

「御門、カッコよかったんだよ。あれは惚れるでしょ。ねえ舞歌」

「うぅん」

英美里さんたちの言葉はどこまで本気かはわからないけど、美少女二人とお兄ちゃん、まるでハーレムものかと一瞬錯覚しそうになっちゃった。

まあ、わたしには優しいし、最近はお小遣いもくれるし、このまま主人公ライクなお兄ちゃんも悪くないかも。

gacha. 01

キャラクターデザイン公開

本編で活躍するメインキャラクターたちの
デザインラフを特別公開！
Illustration：れんた

全員集合すると身長差はこんな感じ！

能瀬 御門 のうせ みかど

17 歳。意外と責任感が強く、好意には鈍感なところがある男子高校生。シスコンでもある。

能瀬 向日葵《のうせ ひまわり》

14歳。御門の妹で、明るくて甘え上手な女の子。自分の物欲に素直。

神楽坂 舞歌 かぐらざか まいか

16歳。御門のクラスメイト。おとなしめで優しい性格の持ち主。

東城 英美里 とうじょう えみり

17歳。御門のクラスメイト。行動は積極的で言動もハッキリしている女子。

野本 紬 のもと つむぎ

15歳。御門たちの後輩。
自己主張はそんなにしないがしっかり者。

あとがき

この本を手に取ってくれた読者の皆さん、本当にありがとうございます。

スキルガチャいかがだったでしょうか？

スキルガチャの舞台は現代です。作者のもう一つの作品、アニメ化された『モブから始まる探索英雄譚』よりも、より身近に感じることができる作品を目指しました。

もし現代の普通の高校生が突然スキルを使えるようになったら？

ガチャでいろんなことができたらどうだろう。こんなスキルあったらいいな。どこかにきっとこんな世界が広がってるかもしれないな。

そんな風に想像を膨らませて書きました。

重度のシスコンでＩＮＴ３の御門が普通の高校生かという疑問はありますが、御門なりに毎日を頑張って過ごしています。

皆さんは、もしガチャでなにか当たるとしたらなにがいいですか？

あれもいいし、これも欲しい。白い幽霊さんも楽しそうだし、ありかもしれない。

作者はいろいろ考えてみましたが、魔法が使えるようになるアイテムか、もしくは金（ゴールド）が当たると嬉しいです。夢と現実の両建てです。

金の相場も高騰してるし両方当たると最強ですね。

皆さんも是非スキルガチャの舞台の登場人物に成り代わって、この世界で過ごしてみてください。

いつもとはちょっとだけ違う世界で、買い物を楽しんだり、妹をかわいがったり、時にはモンスターを倒したりしてみてください。

きっとそこには皆さんの居場所があります。

ただ、ひとつだけ作者からのお願いです。

ガチャで当たった肉の食べ過ぎにだけは注意してください。

いつの間にかウエストサイズと体重が増えてしまうかもしれません。

健康のためにも適量でお願いします。

御門たちのお話は一旦ここまでとなりますが、この世界ではまだまだ御門たちの生活は続いています。

また、皆さんと一緒に御門たちの生活の続きを体験できる日を楽しみにしています。

きっと肉を食べ過ぎた御門が待っています。

それではまた、いつの日かお会いしましょう。

御門たちと一緒にお待ちしています。

海翔

冬嵐記 福島勝千代一代記　①～②巻
著者：槐　イラスト：上條 ロロ　定価：本体1,300円（税別）

幻想侵蝕　～引きこもりな私の単騎探遊～
著者：縞白　イラスト：SNC　定価：本体1,400円（税別）

魯鈍の人　～信長の弟、信秀の十男と言われて～
著者：牛一　イラスト：ニシカワエイト　定価：本体1,300円（税別）

惑う星の解決法　青き星には、帰らない
著者：守野 伊音　イラスト：眠介　定価：本体1,300円（税別）

アルカディア
サービス開始から三年、今更始める仮想世界攻略
著者：壬裕 祐　イラスト：くろでこ　定価：本体1,300円（税別）

カタツムリの貨客船業務日誌
著者：土竜　イラスト：紅白法師　定価：本体1,300円（税別）

幼女になった僕のダンジョン攻略配信
～TSしたから隠れてダンジョンに潜ってた僕が
アイドルたちに身バレして有名配信者になる話～
著者：あずももも　イラスト：サクマ伺貴　定価：本体1,300円（税別）

勇者王ガオガイガーpreFINAL
著者：竹田裕一郎　定価：本体1,500円（税別）

勇者王ガオガイガーFINALplus
著者：竹田裕一郎　定価：本体1,400円（税別）

覇界王～ガオガイガー対ベターマン～　上巻・中巻・下巻
著者：竹田裕一郎　監修：米たにヨシトモ
上巻　定価：本体1,500円（税別）／中巻　定価：本体1,800円（税別）／
下巻　定価：本体2,500円（税別）

現代知識チートマニュアル
著者：山北 篤　定価：本体1,600円（税別）

軍事強国チートマニュアル
著者：山北 篤　定価：本体1,700円（税別）

ヤバめの科学チートマニュアル
著者：久野 友萬　定価：本体1,600円（税別）

〈小説家になろう〉で書こう
定価：本体1,600円（税別）

俺はこのモンスターあふれる世界を
スキル〈ガチャ〉で生き抜く
～最初に出たのは美味しいパンでした～

2024年12月25日 初版発行

【著　　者】海翔

【イラスト】れんた
【編集】株式会社 桜雲社／新紀元社編集部
【デザイン・DTP】株式会社明昌堂

【発行者】青柳昌行
【発行所】株式会社新紀元社
〒101-0054　東京都千代田区神田錦町1-7　錦町一丁目ビル2F
TEL 03-3219-0921 ／ FAX 03-3219-0922
http://www.shinkigensha.co.jp/
郵便振替　00110-4-27618

【印刷・製本】中央精版印刷株式会社

ISBN978-4-7753-2164-5

※本書は、「小説家になろう」（http://syosetu.com/）に掲載されていたものを、改稿のうえ書籍化したものです。